L'AMATEUR D'ANECDOTES

DU MÊME AUTEUR

Biographie

MARCEL PAGNOL, J.-C. Lattès.
SACHA GUITRY, Éditions de Fallois.

Souvenirs

MARCEL PAGNOL M'A RACONTÉ, La Table Ronde.
FERNANDEL M'A RACONTÉ, La Table Ronde.
LES MEILLEURS AMIS DU MONDE, J.-C. Lattès.
PARLEZ-MOI DU FOUQUET'S, J.-C. Lattès.

Albums

IL ÉTAIT UNE FOIS MARCEL PAGNOL, Julliard.
LES FILMS DE MARCEL PAGNOL, avec la collaboration d'André Bernard, Julliard.

Théâtre

LE PIRATE, France Illustration.
AUGUSTE, Pierre Horay.
AH ! LA POLICE DE PAPA, La Table Ronde.
COMMENT RÉUSSIR DANS LES AFFAIRES, Adaptation.
RENDEZ-VOUS AU PLAZA, Adaptation.
RENDEZ-VOUS À HOLLYWOOD, Adaptation.
LE CHEMIN DU FORUM, Adaptation.
CHARLY ET BOBBY, Adaptation.
LIBRES SONT LES PAPILLONS, Adaptation.
LE GRAND STANDING, Adaptation.

Divers

DICTIONNAIRE DE L'ESPRIT, Éditions de Fallois.
NOUVEAU DICTIONNAIRE DE L'ESPRIT, Éditions de Fallois.
DICTIONNAIRE DE L'ESPRIT MAL TOURNÉ, Éditions de Fallois.

RAYMOND CASTANS

L'AMATEUR D'ANECDOTES

Éditions de Fallois

PARIS

22, rue La Boétie, 75008 Paris

ISBN 2-87706-318-6

PRÉFACE

Après les citations, les anecdotes.

Elles sont les perles brillantes du journalisme, les éclats de rire au cœur de la tragédie, l'Histoire vue par le petit bout de la lorgnette, par où, c'est connu, on voit plus petit mais plus précis.

« Faites court », demandent toujours les rédacteurs en chef. Quoi de plus court qu'une anecdote ? Il s'agit d'un instantané. C'est une pièce en un acte, brévissime, improvisée à la manière de la commedia dell'arte et, comme elle, jouée par ses auteurs. Une seule fois. La modestie se veut son principal mérite. L'auteur s'efface, négligeant les vanités du moi. Son ambition est de déclencher le rire, le rêve, la réflexion parfois, mais sans perte de temps.

S'agit-il d'un genre littéraire ? À cette question Tallemant des Réaux, Chamfort, Jules Renard, Prosper Mérimée, Mallarmé, Léautaud répondent par l'affirmative.

« Que de romans, écrit Guillaume Hanoteau, que de nouvelles ne sont qu'anecdotes que, peut-être, il eût mieux valu confier à l'imaginaire du lecteur plutôt qu'à la plume du rédacteur ! »

Les frères Goncourt, par crainte d'y avoir rapporté des indiscrétions trop sulfureuses, avaient exigé que leur fameux *Journal* ne soit publié qu'un demi-siècle après leur mort. Edmond, le survivant, avait disparu en 1896. En 1946, chez Drouant, l'Académie Goncourt s'interrogeait sur l'opportunité de cette publication.

Débutant dans la presse, je couvrais l'événement pour mon journal. En nous annonçant la décision des Dix, Maître Maurice Garçon, alors leur avocat, expliquait les réticences des Goncourt en citant un passage du *Journal* où ils racontent comment Sarah Bernhardt après une nuit en compagnie d'un nouvel amant, écrivain célèbre, dont le manque de flamme l'avait bien déçue, avait, au petit matin, fait déposer devant sa porte tout un chargement de sarments.

Dans nos articles du lendemain, tous mes confrères et moi-même reprenions l'anecdote.

Comme il serait triste le journalisme sans l'anecdote !

Existerait-il seulement ?

*

Lorsqu'on me raconte une anecdote, je ne l'oublie plus. De ces cinquante ans de vie parisienne passées à fréquenter (c'était mon métier) les couloirs du pouvoir, les coulisses des théâtres, les plateaux de cinéma, les studios de radio et de télévision, les vestiaires des stades, les maisons d'édition, les jurys littéraires, les restaurants à la mode, les dîners en ville, à écouter Marcel Pagnol, Jean Galtier-Boissière, Hervé Mille, Jean Nohain, Jean Prouvost,

Henri Jeanson, Jacques Charron, Fernandel, James de Coquet, Edgar Faure, Jacques Rigaud, Jean Ferniot, Gaston Bonheur, etc. – de ces centaines d'histoires qu'on raconte dans toutes les salles de rédaction depuis cinquante ans que je les fréquente, que reste-t-il ? Peut-être, au bout du compte, l'image de ce demi-siècle. J'ai essayé seulement de ne rien trahir.

L'anecdote a ses héros : pour ce siècle, Courteline, Clemenceau, Feydeau, les Guitry, Raimu, de Gaulle. Ce furent, dans l'histoire, Piron, Fontenelle, Voltaire, Ninon de Lenclos, Talleyrand, Victor Hugo. On les trouvera aussi dans ce recueil dont le titre définit aussi bien son auteur que chacun de ses lecteurs.

*

Dans la préface de mon premier « Dictionnaire des Citations », j'expliquais le principe du *starting joke* enseigné dans toutes les écoles d'éloquence américaine : chaque intervention devant du public doit débuter par une formule amusante pour créer, dès le départ, dans l'auditoire un climat de sympathie qui favorise l'attention. Dans ce but, l'orateur américain entame généralement son discours en citant un humoriste. On peut obtenir le même résultat en racontant une anecdote bien choisie.

*

L'amateur d'anecdotes en trouvera ici, sans doute, certaines qu'il connaît déjà, mais je pense – peut-être immodestement – qu'il en apprendra bien davantage.

RAYMOND CASTANS

Un nom figure généralement entre parenthèses au bas d'une anecdote ; c'est celui de l'ami qui me l'a racontée ou de l'écrivain chez qui je l'ai trouvée, un jour.

Je les en remercie.

R.C.

A

Abonné

Potache au lycée d'Honfleur, Alphonse Allais crée avec des camarades un petit journal, *L'Écho des concierges*, dont chaque rédacteur a imposé un abonnement à tous les membres de sa famille, même les plus éloignés.
Un abonné se plaint un jour à Alphonse Allais de ne jamais recevoir son journal :
« Nous n'envoyons jamais le journal aux abonnés, lui répond Alphonse Allais, nous avons constaté que cela gêne considérablement la vente au numéro. »

(SACHA GUITRY)

Aboyeur

Houphouët-Boigny, Président de la Côte d'Ivoire, arrive à une réception à l'Élysée (1960) en compagnie de l'abbé Fulbert Youlou, Président du Congo, en soutane blanche à son habitude.
L'appariteur connaît bien le premier, beaucoup moins bien le second. Il annonce :
« Monsieur le Président Houphouët-Boigny et Madame ! »

Absent

Georges Courteline est rédacteur au ministère des Cultes. Un de ses collègues n'a pas paru au bureau depuis trois semaines. Son chef de service lui en fait le reproche.
Alors l'autre :
« Mais, monsieur le Directeur, vous oubliez que je suis aussi voyageur de commerce. »

(JULES RENARD)

Abstention

Après son départ de l'Élysée et bien qu'il ait définitivement renoncé à plaider, Poincaré est resté très attaché à son métier d'avocat. Il ne manque jamais de venir voter aux élections du Conseil de l'Ordre. Mais on sait au Palais que pour l'élection du bâtonnier, il vote toujours blanc. Il ne veut favoriser aucun candidat.
Un jour de scrutin, Maître Moro Giafferi le voit se diriger vers la salle de vote. Il est très pressé. Il fait signe qu'il n'a pas le temps de parler à personne. Il a adopté le pas gymnastique.
Alors, Moro Giafferi :
« Il court s'abstenir. »

Académie française

Eugène Labiche a écrit l'ensemble de son œuvre avec quarante-cinq collaborateurs différents. On lui propose de se présenter à l'Académie :
« Votre fauteuil est assuré, lui dit-on.

— Mais un fauteuil, répond-il, ça ne suffira jamais. Il me faudrait un fauteuil et une banquette. »

Élu, il est reçu sous la Coupole le 26 juillet 1880. Il déclare :
« C'est la première fois que j'ai une épée au côté, et je n'ai jamais eu si peur ! »
Quelques jours après, il reçoit beaucoup d'invitations et constate :
« Et en plus, on est nourri. »

(GALIPEAUX)

Francis de Croisset est candidat à l'Académie française. Il y a vingt votants. On a déjà procédé à trois tours de scrutin sans résultat. Au troisième tour, Croisset a obtenu dix voix alors qu'il lui en faut onze pour être élu. Si on vote une quatrième fois, il les aura.
Louis Gillet, qui est contre lui, demande que ce quatrième tour soit retardé de huit jours. Pour en décider, les Immortels votent à main levée. Dix bras se lèvent. Louis Gillet, assis à côté de René Doumic, s'aperçoit que celui-ci s'est endormi. En faisant très attention de ne pas le réveiller, il lui prend le bras et le lève. Ce qui fait une majorité pour reporter le vote. Francis de Croisset ne sera jamais Immortel.

(HERVÉ MILLE)

Membre à l'Académie française, de la Commission du Dictionnaire, le maréchal Joffre assiste à la séance du jeudi, un après-midi de juin 1925 où il fait à Paris une chaleur caniculaire.
La commission en arrive au mot « mitrailleuse ».

Tous les présents, automatiquement, se retournent vers lui. Hélas, victime de la chaleur, il s'est endormi. Que faire ? On ne peut pas définir « mitrailleuse » sans consulter le maréchal Joffre alors qu'il est présent. On le secoue. On le réveille. Il refait surface.
« Monsieur le Maréchal, lui dit-on. Mitrailleuse ?
— Quoi ? Quoi ? Mitrailleuse ? Ah oui, Mitrailleuse ? C'est un fusil qui fait ta ta ta ta ta... »

(MARCEL PAGNOL)

Claude Farrère, de l'Académie française, âgé et malade, ne quitte plus son lit dans sa maison de Bougival.
On doit procéder à une élection sous la Coupole.
Les amis des deux candidats en lice se sont comptés : on va vers une élection blanche : dix voix de chaque côté. Sauf si Claude Farrère vient voter.
La bataille est sévère. Chacun des deux partis décide d'aller chercher Farrère chez lui. On mobilise ambulance, médecin, infirmiers. Avec d'infinies précautions, on va, en fait, enlever Claude Farrère dans sa chambre. On le sort de son lit. On l'emmène quai Conti. Il vote. On le ramène à Bougival.
On dépouille le scrutin. Dix bulletins pour un candidat, dix bulletins pour l'autre.
Plus un bulletin, celui de Farrère, qui a voté pour Ferdinand Lop.

(MARCEL PAGNOL)

C'est l'usage, à l'Académie française de confier au nouvel élu le soin de définir le premier mot qu'on doit étudier dans la première séance de travail du dictionnaire qui suit sa réception.

Il revient ainsi à Marguerite Yourcenar de définir le mot « follicule » : sorte de gousse.
Pour des raisons connues de certains, la Commission du Dictionnaire décide de revenir quelques mots en arrière et de lui confier la définition de « follement ».
Jean Cocteau, dans la même situation, avait failli avoir à définir le mot « braguette ».

Aide-comptable

Max Corre, créateur de *Samedi-Soir* et de *France-Dimanche*, est certainement l'animateur le plus dynamique et le plus inspiré de la presse populaire des années 45-50. Au marbre de *France-Dimanche*, on lui présente la morasse d'une page du prochain numéro.
Y est inséré un placard de publicité de plusieurs colonnes pour l'école Pigier qui forme des dactylos, des secrétaires, des comptables. On y lit, en gros caractères : *DEVENEZ AIDE-COMPTABLE.*
« Enlevez-moi ça, dit Corre au metteur en pages.
— Mais comment ?
— Enlevez-moi ça. »
Le chef de publicité du journal, prévenu, arrive, aussitôt. Le placard représente pour la maison une rentrée d'argent importante, plusieurs centaines de milliers de francs, perdus, si on en supprime l'insertion. Sans compter qu'on perdra aussi le client. On n'en a pas tellement. Les temps sont durs. Le nouveau venu demande à Max Corre s'il a une raison de censurer cette annonce.
Alors Max Corre superbe :
« Je ne veux pas qu'on devienne aide-comptable ! »

Al Capone

Au dernier plan du film *Some like it hot* (*Certains l'aiment chaud*) de Billy Wilder, un vieux milliardaire retiré à Miami (Joe Brown) veut épouser une musicienne d'orchestre dont il ignore que c'est un homme travesti (Tony Curtis).

Après avoir donné beaucoup de raisons pour refuser sa proposition, la jeune femme lui dit :

« Et puis, je ne peux pas me marier avec vous.

— Pourquoi ?

— Parce que je suis un homme. »

Le milliardaire répond :

« Personne n'est parfait. » (*Nobody's perfect.*)

« Personne n'est parfait » est aux États-Unis une parole historique. Au procès d'Al Capone, au moment où le jury va se retirer pour délibérer, le président du tribunal s'adresse au prévenu :

« Vous êtes accusé d'avoir séquestré cent cinquante-deux personnes, d'avoir provoqué la mort de cent vingt, d'avoir assassiné vous-même quatre-vingt-deux victimes. Avez-vous quelque chose à ajouter pour votre défense ? »

Réponse d'Al Capone :

« Personne n'est parfait. »

Alexandrin

Marguerite Moreno joue en tournée un drame en vers au cours duquel, au milieu d'une scène dramatique (un personnage est à l'article de la mort), un second rôle doit annoncer l'arrivée du médecin.

Ouvrant brusquement la porte, il doit crier : « Le

médecin ! » C'est tout son texte. On a engagé pour cela un vieux comédien à qui on ne confie plus que les utilités.

Hélas, chaque soir, le pauvre homme, mort de trac, rate son entrée, balbutie quelques onomatopées incompréhensibles et pour beaucoup inaudibles.

Un jour, Moreno se fâche :

« Ce soir, lui dit-elle, je veux qu'on vous entende. Parlez plus fort. Et surtout articulez "Le Médecin". La pièce est en vers. Votre réplique, "Le Médecin !", et la mienne qui suit, "Seigneur, que va-t-il m'annoncer ?", forment un alexandrin. Si l'on n'entend que moi, le vers est faux ! Il faut donc qu'on vous entende. »

Le partenaire répète, toute la journée, sur tous les tons : « Le médecin ! Le médecin ! »

Au moment fatal, il entre en scène et il hurle :

« Le docteur ! »

(JEAN NOHAIN)

Catulle Mendès avait écrit une pièce en vers consacrée à Scarron, montée aux Variétés.

« En vers ? s'étonnait Coquelin Cadet à un ami.

— Oui, dit l'ami. Et des alexandrins très beaux.

— Très beaux peut-être, conclut Coquelin, mais ce qui me paraît le plus original, c'est de faire déclamer à un cul-de-jatte des vers de douze pieds. »

Allais (Alphonse)

Alphonse Allais rencontre dans la rue une maman dont l'enfant – un garçonnet de cinq ou six ans – pleure toutes les larmes de son corps.

Explication de la maman :
« Il a vu un gâteau dans la vitrine du pâtissier, il le veut et je n'ai pas l'argent pour le lui acheter. »
Allais donne alors une pièce de cinq francs au garçonnet. Celui-ci cesse de pleurer, va acheter le gâteau et rapporte la monnaie à Allais.
« Voilà, conclut celui-ci, nous venons de faire quatre heureux d'un coup. Votre petit garçon, parce qu'il a son gâteau. Vous, parce qu'il ne pleure plus. Le pâtissier, parce qu'il a vendu son gâteau. Et moi, parce que j'ai fait passer une fausse pièce de cinq francs. »

(SACHA GUITRY)

Les amis qui, vers midi, venaient chercher Alphonse Allais chez lui pour aller déjeuner trouvaient quelquefois, accrochée à sa porte, une pancarte indiquant :
« M. Alphonse Allais étant rentré ce matin à la première heure, en état d'ébriété manifeste, s'excuse auprès des visiteurs éventuels de ne pouvoir accueillir décemment personne avant l'heure sainte de l'apéritif catégorique et crépusculaire. »

Amitié

Malgré leur différence de caractère, Marcel Achard le Lyonnais et Henri Jeanson, le Parigot, quarante ans à eux deux et tous les deux journalistes débutants au quotidien *Bonsoir*, sont très amis, une amitié qui durera toute la vie.
Marcel Achard a un défaut que Jeanson supporte

mal : une lâcheté aimable. Le souci de ne se fâcher avec personne lui fait accepter certaines humiliations. Jeanson, au contraire, est volontiers provocateur. Pour guérir son ami de ce qu'il considère comme son défaut principal, il lui inflige des vexations. En espérant qu'Achard finira tout de même par se mettre en colère. Par se fâcher.

Un jour sur les boulevards, Jeanson s'arrête devant la vitrine de *La Belle Jardinière*. Achard, qui passe par là, l'interpelle. Jeanson, décidé à le snober, fait celui qui ne l'a pas entendu. L'autre s'arrête. Jeanson fait semblant de ne pas le voir, regarde ailleurs. Pour l'obliger à se manifester, Achard lui flanque un grand coup de pied aux fesses. Jeanson persiste à l'ignorer. Achard lui botte le derrière une deuxième fois, une troisième, une quatrième, une cinquième fois... Jeanson reste imperturbable. Finalement Achard renonce et disparaît.

Ils se retrouvent le soir pour dîner ensemble joyeusement et, riant beaucoup, ils racontent leur aventure à un troisième copain qui a juré d'en garder le secret et qui n'en a rien fait.

(GALTIER-BOISSIÈRE)

Amnésie

Passionné de son métier, le grand comédien André Lefaur ne se faisait jamais remplacer et il le tolérait mal de ses partenaires.

Un jour, dans la pièce où il dîne en scène au deuxième acte, on lui apporte un gigot au lieu du poulet en carton habituel. On l'entend grommeler :

« Encore une doublure ! »

Le même Lefaur remporte un immense succès en créant aux Variétés Topaze, le personnage de Marcel Pagnol. À partir de la centième, il noue une liaison avec une petite comédienne de vingt ans plus jeune que lui. Quelques jours après, il a quelques troubles de mémoire. Il oublie des répliques.
« Elle lui bouffe son texte », dit Pauley, son partenaire.

Âne

Voltaire joue les prolongations à la cour du roi de Prusse Frédéric II. Celui-ci a invité l'écrivain français pour un séjour de quelques semaines. Il est là depuis plusieurs mois et ne parle plus de partir. Ce qui énerve Frédéric II.
Un jour, à la suite d'une dispute, tous deux dînent en tête à tête, et Voltaire trouve sous sa serviette un billet ainsi rédigé :
« Voltaire est le premier des ânes. Frédéric II. »
Voltaire lit à haute voix :
« Voltaire est le premier des ânes et Frédéric le deuxième. »

Anniversaire

Ninon de Lenclos avait eu une vie amoureuse ardente et passionnée. Très belle et très cultivée, elle avait eu beaucoup d'amants, dont quelques personnages parmi les plus célèbres de son époque, Coligny, le duc d'Enghien, le grand Condé.
Elle est déjà très âgée quand un jeune étudiant en

théologie tombe amoureux d'elle et lui fait une cour pressante. Elle décide de se donner à lui, le lui dit et lui demande seulement de patienter encore cinq jours. Il peut être assuré qu'elle tiendra sa promesse. Ce qu'elle fait.
Elle lui dit alors pourquoi elle lui a demandé d'attendre cinq jours.
C'est pour que leur première nuit d'amour coïncide avec son quatre-vingtième anniversaire.
Leur liaison durera un an.

Anti-froid

Pierre Mauroy, Premier ministre, représente la France à Moscou aux obsèques solennelles de Brejnev. Au premier rang du carré des personnalités, il aperçoit George Bush, alors vice-président des États-Unis, qui extrait de sa poche un numéro du *New York Times* soigneusement plié.
« Il ne va tout de même pas lire le journal pendant la cérémonie », pense Mauroy.
Bush ouvre largement son journal. Mauroy l'observe, de plus en plus intrigué. Il fait très froid. Bush, après avoir déployé le journal, l'étale par terre sous ses pieds.
Un diplomate russe explique alors à Mauroy que (tous les Russes le savent) c'est par les pieds que l'on prend froid, que le papier est un excellent isolant et que Bush, qui est déjà venu enterrer cinq leaders soviétiques, a pris ses précautions.
Un quart d'heure plus tard, ils sont quatre, dont Mauroy, installés sur des pages empruntées au *New York Times* de Bush.

(PIERRE MAUROY)

Appel

En juillet 1940, au moment où l'Angleterre se retrouve seule face à l'Allemagne qui menace de l'envahir, Churchill lance un appel à la B.B.C. pour galvaniser l'esprit de résistance de ses compatriotes. Il proclame :
« Nous résisterons sur les grèves, nous nous battrons dans les champs. Nous nous battrons dans les rues de nos villes... »
Puis couvrant le micro avec sa main, parlant tout bas à l'archevêque de Canterbury qui est à côté de lui :
« ...à coups de bouteilles de bière, naturellement, puisque il ne nous reste rien d'autre. »

(Jean Oberlé)

Archevêque

En vacances à Rodez, l'archevêque de Paris Monseigneur Marty, à bord d'une deux chevaux prêtée, s'engage dans une rue en sens interdit. Il entend des coups de sifflets appuyés. Il comprend son erreur, stoppe. Un agent de police court pour verbaliser, ouvre sa portière, le reconnaît et s'écrie :
« Putain de moine ! »

(Monseigneur Marty)

Architecte

Voltaire reçoit Perronnet, l'architecte qui a construit le Pont de Neuilly. On lui apporte un pli. Il l'ouvre. C'est un ami qui est allé voir jouer la veille sa pièce *Irène*, qui en a refait quatre vers et qui « croit devoir les lui soumettre ».

« Si ce monsieur passe par Neuilly, dit Voltaire à Perronnet, il vous proposera de refaire une arche de votre pont. »

Arletty

Arletty, qui admirait Marcel Aymé et ne l'avait jamais rencontré, rêvait de faire sa connaissance. Le peintre Gen Paul l'invite à dîner.
« Il y aura Marcel Aymé », lui dit-il. Arletty est ravie.
La capacité de silence de Marcel Aymé est proverbiale. Pendant tout le repas, il ne dit pas un mot.
Vers minuit, comme il habite le quartier, il s'apprête à rentrer chez lui à pied et Gen Paul lui demande (c'est son chemin) d'accompagner Arletty jusqu'au métro (on est en 1946, personne n'a de voiture, il n'y a pas encore de taxi).
Marcel Aymé part avec Arletty, va avec elle jusque sur le quai du métro. Ils attendent la rame. Il n'a toujours pas dit un mot. La rame arrive. Arletty monte. Les portes se ferment.
Alors Marcel Aymé, resté sur le quai, demande à Arletty à travers la vitre :
« Vous avez été épurée ?
— Oui. »
Et dans un sourire joyeux :
« Moi aussi ! »
Le métro démarre.
« Ce furent, raconte Arletty, ses seuls mots de la soirée. »

(ARLETTY)

Arsenic

C'était Marie Besnard. On l'appelait « la bonne dame de Loudun ».
Accusée d'avoir empoisonné son mari, elle est restée plusieurs mois en prison puis a été condamnée. La chancellerie ayant décidé la révision de son procès, elle a été remise en liberté en attendant de repasser en justice mais elle a dû – comme la loi l'exige – réintégrer la prison la veille de son second procès.
Au matin, au moment de son départ pour le tribunal, les gardiens de prison, qui ont pour elle beaucoup de sympathie, lui offrent des roses. Ne voulant pas se présenter devant les juges avec des fleurs à la main, elle fait arrêter le fourgon devant une église et va les déposer sur l'autel de la Vierge.
Quelques instants plus tard, le curé de l'église voit ce bouquet, le regarde de plus près et trouve au milieu des roses une lettre. Il l'ouvre. Et lit :
« Marie. On vous dit Merde ! »

Asperges

Fontenelle, brillant écrivain, a la réputation d'un gastronome exceptionnel. Tout-Paris sait que, chez lui, on mange très bien. Il a, ce jour-là, invité à déjeuner Mme de Tencin et le cardinal Dubois.
Au menu : des asperges, les premières de la saison.
Comme le cardinal les aime à la sauce hollandaise tandis que Mme de Tencin et lui-même les préfèrent à l'huile, le chef a reçu l'ordre de les préparer, une moitié chaude pour être servie en sauce hollandaise, l'autre moitié froide à l'huile.
Mme de Tencin est déjà arrivée. On attend le cardinal qui tarde à venir…

Arrive un valet, essoufflé, porteur d'une bien triste nouvelle : M. le cardinal vient de mourir subitement.
Fontenelle crie aussitôt à la cuisine :
« Chef, les asperges ! Toutes à l'huile ! »

(JEAN FERNIOT)

Attachement

Mme d'Esparbès étant devenue la maîtresse de Louis XV, le Roi lui dit :
« Tu as couché avec tous mes sujets.
— Ah, Sire !
— Tu as eu le duc de Choiseul ?
— Il est si puissant !
— Le maréchal de Richelieu ?
— Il a tant d'esprit.
— Monville ?
— Il a une si belle jambe !
— À la bonne heure, mais le duc d'Aumont qui n'a rien de tout ça ?
— Ah, Sire ! Il est si attaché à Votre Majesté. »

(CHAMFORT)

Attentat (aux mœurs)

Un ami de Rochefort, mari trompé, passe devant les assises de la Seine. Il a tué sa femme et l'amant de celle-ci qu'il a surpris en train de faire l'amour. La défense tente d'établir qu'il n'y a pas eu de préméditation et que le prévenu n'avait aucune intention meurtrière quand il a découvert les amants.
Rochefort est le témoin de moralité de son ami.
« Vous aurez du mal, avance le procureur, à nous

faire accepter qu'un monsieur emporte un revolver dans sa poche, sans avoir une idée de meurtre.
— Mon Dieu, monsieur le Procureur, répond Rochefort, j'ai sur moi en permanence tout ce qu'il faut pour commettre un attentat aux mœurs et je vous assure que je n'y songe nullement. »

Attente

Henri Jeanson assiste à la première projection d'un film pour lequel il a écrit le scénario et les dialogues. Mais le metteur en scène, les vedettes, la petite amie du producteur sont passés par là.
Quand la projection est finie – il s'agit d'une projection privée –, tous les invités se lèvent pour aller boire le champagne offert pour l'occasion. Sauf Jeanson qui reste assis à sa place.
On lui demande :
« Qu'est-ce que vous faites ?
— J'attends.
— Vous attendez quoi ?
— Mon film. »

Ausweiss

En septembre 1940, quelques semaines après l'armistice, Claude Dauphin se retrouve dans un café-brasserie de Cahors, en zone non occupée. À la table voisine de la sienne, un commerçant de la ville annonce à ses amis :
« Jeudi, je vais à Paris.
— Est-ce que vous avez un *ausweiss* ? » lui demande Claude.
Alors l'autre : « Monsieur, je crois que vous m'avez

mal compris. Je disais simplement que jeudi, je vais à Paris. (Il explique.) Je suis fabricant de bouchons à Cahors et chaque mois je vais visiter ma clientèle à Paris. Je n'y suis pas allé depuis quelques mois à cause des événements. Mais je reprends mes habitudes. Et jeudi, je vais à Paris. »
Sur quoi, Claude éclate : « Eh bien justement, monsieur ! Nous avons perdu la guerre. Et maintenant, quand on est fabricant de bouchons à Cahors et qu'on veut aller à Paris, il faut un *ausweiss* ! »
Un silence lourd suit cette sortie. Le monsieur reste sans voix. Puis après un moment.
« Mais alors, dit-il, c'est plus grave que je ne pensais ! »

Autre (L')

Un jeune poète insiste auprès de Piron. Il veut lui lire ses œuvres. Piron, très ennuyé, consent à écouter deux poèmes. Le poète lit le premier et demande à Piron ce qu'il en pense. Piron répond :
« J'aime mieux l'autre. »

Avance

Balzac rencontre, place de la Bourse, Henri Monnier pour qui il a de l'amitié et il lui expose un projet, une affaire mirifique qui, sans le moindre risque, doit leur rapporter, à chacun, au minimum une dizaine de millions.
Monnier l'écoute patiemment, puis lui dit :
« Avancez-moi toujours cent sous sur l'affaire. »

(GALTIER-BOISSIÈRE)

Avant-poste

En 1916, le Président de la République Poincaré vient, à l'improviste, effectuer une inspection sur le front. On le confie à un capitaine qui l'accompagne jusqu'aux avant-postes. Là, pour lui faire le point sur la situation, on fait venir le lieutenant chargé du secteur qui salue le Président et lui parle tout bas, presque imperceptiblement.
Aussitôt Poincaré, baissant la voix lui aussi, lui demande :
« Les Allemands sont tout près d'ici ?
— À deux kilomètres environ, chuchote le lieutenant.
— Alors pourquoi parlez-vous si bas ?
— Parce que j'ai une extinction de voix. »

Aveu

Une semaine avant sa mort, le grand poète espagnol Lope de Vega dit à son médecin :
« À la seconde où vous vous apercevrez que je vais mourir, ne manquez pas de m'avertir. J'ai une révélation à faire d'une importance extrême, mais pour ne pas la conserver par-devers moi, il faut que je sois absolument sûr de ne pas lui survivre. »
Huit jours plus tard, le médecin, constatant que les battements du cœur de son malade deviennent à peine perceptibles, il se penche à son oreille et lui dit :
« Lope de Vega, tu vas mourir. »
Alors dans un très grand effort, Lope de Vega murmura :
« Dante m'a toujours emmerdé. »

(SACHA GUITRY)

Aveugle

Sacha Guitry, enfant, se promène avec son grand-père maternel, le romancier René de Pont-Jest. Ils passent devant un mendiant qui tend sa sébile dans laquelle le petit Sacha dépose une aumône.
Son grand-père lui explique :
« Quand tu fais l'aumône à un pauvre, pour bien lui montrer que par ce geste, tu n'entends pas l'humilier, tu dois aussi le saluer, ôter ton chapeau.
— Même, demande l'enfant, même si c'est un aveugle ?
— Oui. Au cas où ce serait un faux aveugle. »

Avocat

Le poète Georges Fourest, auteur de *La Négresse blonde* et du *Géranium ovipare*, était avocat, mais il plaidait rarement. Il s'était fait faire des cartes de visite où l'on pouvait lire :

GEORGES FOUREST
AVOCAT LOIN DES TRIBUNAUX

B

Baignoire

Dans son appartement du quai Voltaire, Anatole France dispose d'une très grande baignoire qu'il n'utilise pas.
« Elle me sert à stocker, dit-il, les livres dont on m'accable. »
Quand elle est pleine, il appelle un bouquiniste qui vient la vider.
« La première fois qu'il est venu, avouait l'écrivain, au moment de fixer un prix je tremblais un peu. Combien allait-il me demander pour me débarrasser de tout cela ? J'ai été un peu rassuré quand il m'a dit : "Cinquante francs."
« C'était dans mes possibilités. J'ai été tout à fait rassuré quand j'ai compris que ces cinquante francs, il ne me les demandait pas, il me les donnait. »

(JEAN-JACQUES BROUSSON)

Bail

L'hebdomadaire *Samedi-Soir*, grand succès populaire des années 1945-1946, publie chaque semaine

le portrait très documenté et très irrévérencieux d'une personnalité du Tout-Paris.
Dans l'article consacré à Gaston Gallimard, grand patron de la N.R.F. et pape de l'édition française, il est rapporté que sa famille était propriétaire sur les grands boulevards de l'immeuble du Théâtre des Variétés. Et que le bail consenti aux gérants prévoyait que les Gallimard y disposeraient, pour la séance en matinée du premier dimanche de chaque mois, d'une loge d'avant-scène avec cabinet de toilettes et W.-C. privés.
M. Gallimard père considérait qu'un droit qu'on n'utilise pas risque de se perdre.
Dès lors, Gaston Gallimard enfant, accompagné de sa bonne, avait dû aller occuper cette loge impérativement les dimanches prévus et y faire pipi dans la cuvette des W.-C.
Ces révélations provoquaient dans le Tout-Paris un véritable fou rire. L'article n'était pas signé (aucun article n'était signé dans *Samedi-Soir*).
Gaston Gallimard déploya des ruses d'Indien Sioux pour savoir qui avait écrit cet article. Ce ne pouvait être que Gaston Bonheur ou Kléber Haedens, tous les deux écrivains de sa maison d'édition. Il ne sut jamais lequel des deux était l'auteur du papier.

Baiser

La commission présidée par Prosper Mérimée et chargée en 1858 par Napoléon III de publier la correspondance générale de Napoléon Ier demande s'il faut y inclure les lettres de Joséphine.
« Oui, répond Napoléon III.

— Sire, le prévient alors Prosper Mérimée, dans ce cas, les Français sauront que votre oncle déposait des baisers sur des mots qui ne sont pas dans le dictionnaire. »

Joseph L. Mankiewicz tourne à Rome *Cléopâtre* avec Elizabeth Taylor et Richard Burton. Très vite entre ses deux vedettes, c'est l'amour fou. La presse italienne en fait état, publie des échos. Comme Taylor et Burton sont mariés chacun de son côté, Mankiewicz craint que les ligues de vertu si puissantes à Hollywood les dénoncent et boycottent leur film. Il réunit à Rome une conférence de presse où, à côté de Burton, il déclare :
« La vérité, c'est que Burton et moi, nous nous aimons et que cette histoire de liaison entre Mme Elizabeth Taylor et lui n'est qu'un écran de fumée destiné à détourner les soupçons. »
Là-dessus, devant tous les journalistes, il embrasse Richard Burton sur la bouche et s'en va.

Bal

Le Régent voulait aller au bal et n'y être pas reconnu.
« J'en sais un moyen », dit l'abbé Dubois, et dans le bal, il lui donne des coups de pied dans le derrière. Le Régent les trouvant trop forts lui dit :
« L'abbé, tu me déguises trop. »

(CHAMFORT)

Banquier

Pendant la traversée du désert du général de Gaulle (de 1946 à 1958) Georges Pompidou a pris un poste de responsabilité à la banque Rothschild. Passionné de littérature, il publie alors une *Anthologie de la poésie française* où on trouve *Mignonne, allons voir si la rose*, *Le songe d'Athalie*, *Booz endormi*, *La mort du loup*.
« C'est bien une anthologie de banquier, dit Kléber Haedens. Il n'y a que des valeurs sûres. »

Barbe

Le grand décorateur de théâtre et de cinéma Christian Bérard est mort subitement.
Sa famille s'occupe de ses obsèques. Ce sont des professionnels. Christian Bérard était le fils d'une demoiselle de Borniol et certains de ses amis l'avaient surnommé pour rire « Lucrèce Borniol ».
Au moment de la mise en bière, les siens veulent qu'on lui coupe la barbe.
Cocteau s'oppose à ce sacrilège.
« On ne coupe pas la barbe au Christ », dit-il.
Cela ne se fera pas.

Barbu

C'était l'époque où les socles des statues, dans les squares, étaient peuplés de personnages symboliques. Pour personnifier un fleuve, on sculptait toujours un géant avec une grande barbe.

Degas déjeune chez Rodin. Au milieu du repas, la bonne entre dans la salle à manger et annonce :
« Maître, le modèle que vous avez convoqué vient d'arriver.
— Il ressemble à quoi ? demande Rodin.
— C'est un fleuve ! »

(ÉDOUARD DEGAS)

Bastille

Le chevalier de Rohan a fait rosser Voltaire par trois de ses sbires. Voltaire, ayant porté plainte contre lui, se retrouve emprisonné à La Bastille. Le Régent le fait libérer et lui dit :
« Soyez sage et j'aurai soin de vous.
— Je vous en suis infiniment obligé, lui répond Voltaire, mais je supplie Votre Altesse de ne plus se charger dorénavant ni de mon logement ni de ma nourriture. »

Bébé

Au moment où il va entrer en scène à Las Vegas, on annonce à Groucho Marx que sa femme vient d'accoucher. Groucho s'avance jusqu'à la rampe et dit au public :
« On vient de me dire que ma femme Ruth vient de me faire le père d'un bondissant bébé de six livres. Lorsque le bébé aura fini de bondir, je serai en mesure de vous faire savoir s'il s'agit d'un garçon ou d'une fille. »

Benjamin

Benjamin était, dans les années 1930, le grand hebdomadaire de la jeunesse bourgeoise. Le rédacteur en chef en était Jean Nohain, déjà vedette de la radio. Le journal appartenait à un M. Lajeunesse (qu'il ne faut pas confondre avec Ernest Lajeunesse, ancien secrétaire de Mirbeau, ami de Courteline et fidèle du Napolitain).
Le Lajeunesse de Benjamin était un personnage « carré en affaires ».
Quand on lui demandait quelles compétences particulières l'autorisaient à éditer un journal pour la jeunesse, il répondait : « J'ai été jeune moi-même. »
Il avait créé pour *Benjamin* une commission de contrôle moral où siégeaient l'historien catholique Louis Gillet, membre de l'Académie française, représentant l'archevêché, un représentant de la Fédération protestante, un représentant du rabbinat.
« Et comme ça, disait-il, je les emmerde tous. »
L'argent l'intéressait beaucoup. À l'occasion d'une réunion de la commission, chez Laperouse, il avait demandé à Louis Gillet :
« Dites-moi, Maître, un type comme Joffre, qu'est-ce qu'il pouvait se faire pendant la guerre ? »

(JEAN NOHAIN)

Besoin (pressant)

Pris d'un besoin d'uriner à la sortie du Conservatoire, Lucien Guitry se soulage contre le mur, non loin de la porte. Trois jeunes élèves comédiennes, qui allaient sortir, hésitent.
Alors, avec un geste large de sa main libre :
« Vous pouvez passer, petites, je la tiens. »

Bidasse

Fernandel, mobilisé en 1939 sous son véritable nom Contandin, est affecté à un dépôt de troupes à Marseille où son caporal le dispense de monter la garde devant la porte des bâtiments.
Le capitaine convoque le caporal.
« Pourquoi cette décision en faveur du deuxième classe Contandin ? demande-t-il.
— Mon capitaine. Parce que Contandin, c'est Fernandel.
— Et alors ? Fernandel ou pas, il prend la garde comme les autres. Rompez. »
Deux heures plus tard Fernandel, en bonnet de police et en tenue bleue horizon (celle de son personnage dans l'opérette *Ignace*), se retrouve, l'arme sur l'épaule, sur le trottoir devant le dépôt.
Les passants le reconnaissent, s'arrêtent, lui font fête. Une demi-heure plus tard, c'est une foule énorme qui est rassemblée là qui crie : « Vive Fernandel » ou encore : « Une chanson ! Une chanson ! »
La circulation est arrêtée. Les voitures ne passent plus. Les tramways sont stoppés. Un embouteillage monstre bloque tout le quartier accompagné d'un épouvantable concert de klaxons. On finit tout de même par relever Fernandel de sa faction.
Il ne prendra plus la garde.

(FERNANDEL)

Biographie

Les cuirs, l'inculture, les « à peu près » de Sam Goldwyn faisaient la joie de tout Hollywood.
On lui attribuait ces formules :

« Un contrat oral ne vaut même pas le papier sur lequel il est écrit. »
Ou encore :
« Taisez-vous. La prochaine fois que je voudrai parler à un imbécile, je m'adresserai à moi-même. »
Il demande à Billy Wilder :
« Vous travaillez à quoi en ce moment ?
— À ma biographie.
— Et ça parle de quoi ? »

Boileau

Louis XIV montre à Boileau des vers de sa composition et lui demande son opinion :
« Sire, répond Boileau, rien n'est impossible à Votre Majesté ! Elle a voulu faire des mauvais vers et elle a réussi. »

Boîte

Le milliardaire libanais Nashar Martini, le roi des nuits parisiennes, propriétaire des Folies-Bergère, d'un théâtre et d'une quinzaine de boîtes de nuit, est mort subitement. À ses obsèques tous les maîtres d'hôtel, barmen, serveuses, chasseurs, dames de vestiaire, marchandes de cigarettes de Pigalle sont présents.
Au moment où on descend le cercueil dans la fosse on entend une voix dans l'assistance :
« C'est la première boîte qu'il n'arrivera pas à ouvrir. »

(Henri Génes)

Bonbon

À un ami, entré dans sa loge, Victor Boucher offre un bonbon.
Au moment où son ami le met dans sa bouche, Victor Boucher lui dit :
« Attention. C'est un bonbon de théâtre.
— C'est-à-dire ?
— Ce sont de faux bonbons. Dans une scène de ma dernière pièce, je devais sucer un bonbon. Alors je me suis fait faire ces faux bonbons. On peut les sucer, mais il ne faut pas les avaler.
— Et si je l'avale ? demande l'ami.
— Oh, ce n'est pas si grave. Tiens, le vert que tu as pris, moi je l'ai déjà avalé trois fois. »

Bonheur

M. de La Reynière devait épouser Mlle de Jarinthe, jeune et aimable. Il revenait de la voir enchantée du bonheur qui l'attendait et disait à M. de Malesherbes, son beau-frère :
« Ne pensez-vous pas que mon bonheur sera parfait ?
— Cela dépend des circonstances.
— Comment ? Que voulez-vous dire ?
— Cela dépend du premier amant qu'elle aura. »

(CHAMFORT)

Bonnes œuvres

Pendant la drôle de guerre (septembre 1939-avril 1940) le bruit courait dans Paris que la présidente d'une œuvre de bienfaisance, ayant invité la générale

Gamelin à présider une vente de charité en faveur des poilus, en avait reçu cette réponse :
« Je suis dans l'obligation de refuser votre invitation et je vous prie de m'en excuser. Je suis trop occupée. Mais mon mari viendra. Générale Gamelin. »

Bonne volonté

Dans un salon, une dame complimente Jules Romains :
« Ah, les hommes de bonne volonté ! Quelle œuvre magnifique ! »
Jules Romains joue les modestes.
« Mon Dieu ! Madame !...
— Si. Si. Je sais ce que je dis. Et vous avez beaucoup d'adhérents ? »

Boris Godounov

Chaliapine, l'une des plus grandes basses de l'histoire de l'opéra, a refusé de participer à un concert donné en faveur d'une œuvre de bienfaisance à laquelle s'intéresse le milliardaire Van Der Bilt, fils du roi de locomotives aux États-Unis.
Quelques mois plus tard, il doit chanter *Boris Godounov* à Boston.
Dès l'ouverture de la location, tous les fauteuils sont loués. Quand le rideau se lève, il n'y a dans la salle, au milieu des fauteuils d'orchestre, qu'un seul spectateur : Van Der Bilt. Il a loué toute la salle. Et Chaliapine doit, pour ce spectateur unique, chanter *Boris Godounov* dans son intégralité. Onze tableaux.

(JEAN RIGAUX)

Boulevard

Au Théâtre du Palais-Royal, Feydeau a proposé deux nouvelles pièces dont *Monsieur chasse.*

« Nous allons monter *Monsieur chasse*, lui disent les directeurs. L'autre, vous pouvez la reprendre, la ranger au fond d'un tiroir et l'oublier. Elle est stupide. Jamais un directeur ne sera assez bête pour monter une imbécillité pareille. »

Feydeau reprend son manuscrit et rentre chez lui à pied. Par les boulevards.

Il passe devant le Théâtre des Nouveautés dont le directeur Micheau prend le soleil devant sa porte. Ça va très mal pour Micheau. À la suite de trois échecs, il est à la veille de la faillite. Il raconte ses malheurs à Feydeau, puis lui demande :

« Qu'est-ce que vous avez là, sous le bras ?

— Une pièce qu'on vient de me refuser au Palais-Royal.

— On peut la lire ?

— Non. Vraiment, c'est une idiotie.

— C'est la première fois que j'entends un auteur parler ainsi d'une de ses pièces. Vraiment ? Vous ne voulez pas me la laisser lire ? Vous savez ? Au point où j'en suis… »

Feydeau finit par céder. Il donne sa pièce à Micheau qui la lit aussitôt, qui la trouve excellente, qui se précipite dans la chambre de sa mère malade, criant :

« Nous sommes sauvés. On vient de m'apporter la fortune. »

Il monte la pièce. C'est *Champignol malgré lui* qui reçoit du public un accueil triomphal et qui dépasse les mille représentations.

Au Palais-Royal, on n'a joué *Monsieur Chasse* que trois cents fois.

Bouquiniste

Jean Cocteau trouve sur les quais, dans la boîte d'un bouquiniste, l'exemplaire de son ouvrage *Le Secret professionnel* qu'il avait envoyé au critique André Rousseaux avec cette dédicace : « À André Rousseaux avec mes compliments. »
Il rachète le livre, le renvoie à André Rousseaux avec une seconde dédicace : « À André Rousseaux avec mes compliments renouvelés. »

Bout d'essai

Au milieu des années 1920, Maurice Chevalier passe en vedette à l'*Eldorado* du boulevard de Sébastopol. Il remporte un grand succès. Un dimanche, après la séance de la matinée, se présente dans sa loge un Américain dont il ne comprend pas bien le nom et qui lui demande si cela l'intéresserait de venir tourner un film à Hollywood.
Chevalier dit que oui.
« Cela dit, explique l'Américain, les frais de voyage étant très importants, je ne pourrai vous engager que si vous acceptez de tourner ici un bout d'essai. »
Proposer un bout d'essai à la grande vedette qu'il est devenu, Chevalier prend ça comme une injure et se débarrasse aussitôt de son visiteur. Il ne le met pas à la porte, mais presque.
À ce moment, un journaliste ami de Chevalier, et qui a assisté à la scène, lui dit :
« Maurice, savez-vous qui vous venez de virer aussi sèchement ?
— Non.

— C'est tout simplement Irving Thalberg, l'homme le plus puissant de la Metro Goldwyn Mayer.
— Zut, dit Maurice. Vite, vite, essayez de le rattraper. »
On court dans les couloirs. On rattrape Thalberg qui veut bien revenir dans la loge où Maurice Chevalier, après s'être excusé, lui dit :
« Écoutez, monsieur Thalberg, c'est d'accord pour votre bout d'essai, à une condition. Ce bout d'essai, il n'y a que vous et moi qui le verrons. S'il vous convient, je signe votre contrat. S'il ne vous convient pas, vous me le rendez, je le mets chez moi aux oubliettes, et on n'en parle plus.
— O.K. », dit Thalberg.
Chevalier tourne le bout d'essai. Quelques jours après, on vient le lui apporter. Thalberg ne l'a pas trouvé concluant et est reparti pour l'Amérique.
Le lendemain, à l'issue de la soirée, un nouvel Américain vient voir Maurice dans sa loge. C'est Harry Cohn, grand patron de la Columbia à Hollywood, qui lui fait la même proposition que Thalberg, avec la même condition ; il faudrait que, avant de signer son contrat, Maurice fasse un bout d'essai.
« Le voilà, votre bout d'essai », dit Chevalier qui donne à Cohn le bout d'essai tourné par Thalberg.
Cohn trouve le bout d'essai formidable. Et Maurice Chevalier part, l'année suivante, tourner à Hollywood pour la Columbia.
À Hollywood Thalberg récupérera Chevalier pour lui faire tourner *La Veuve joyeuse* avec Ernst Lubitsch – son premier grand succès.

Bout de ligne

Alexandre Dumas père est en train d'écrire un chapitre nouveau du *Vicomte de Bragelonne* qui paraît en feuilleton dans *Le Moniteur.* Il est payé à la ligne. Les feuilletonistes, alors, font apparaître dans leurs récits des personnages qui n'interviennent que par des dialogues de ce genre :
« Et si c'était…
— Si c'était ?
— Non !
— Non ? » Etc.
Ce qui augmente le nombre de lignes payées.
Le personnage de Grimaud est de ceux-là.
Dumas est en plein travail quand on lui apporte une lettre du *Moniteur.* Il la lit et aussitôt déchire et froisse la page qu'il vient de terminer. À son fils qui lui demande ce qui se passe, il répond :
« Je tue Grimaud.
— Tu tues Grimaud ?
— Oui. J'ai reçu une lettre du *Moniteur.* Ils ne veulent plus payer les bouts de ligne. »

Braguette

Pierre Lazareff dirige la fameuse émission de télévision *Cinq colonnes à la une.* L'une de ses obsessions, c'est qu'un de ses collaborateurs ou lui-même apparaisse à l'écran, la braguette ouverte. Dès lors il a mis au point une alerte générale.
Quand le technicien annonce :
« On passe dans trente secondes. »
Lazareff crie :

« Vive l'Empereur ! »
Et chacun dans l'équipe vérifie que son pantalon est bien boutonné.

Piron, devenu vieux, aveugle, se promène un après-midi aux Tuileries, appuyé sur le bras de sa nièce qui, voyant sourire tous les gens qu'ils croisent, finit par s'apercevoir que son oncle a oublié de boutonner sa braguette. Elle lui dit tout bas :
« Mon oncle, on vous regarde. Cachez... cachez votre... histoire.
— Ah mon enfant, répond Piron, il y a longtemps que cette histoire n'est qu'une fable. »

Broadway

Le vieux Shubert est assurément le personnage le plus puissant des États-Unis dans le monde du théâtre. Il est le propriétaire de cinquante salles sur tout le territoire dont quatre à New York. Toutes portent son nom : les *Shubert Theatres*. Il organise des tournées, des festivals, des galas.
Au cours d'une répétition à Broadway, il torture un petit comédien d'une façon si odieuse que celui-ci vient à l'avant-scène et lui dit :
« Vous êtes M. Shubert. Et moi, je ne suis rien. Mais ça ne m'empêche pas de vous dire en face que vous êtes un vieux con, un vieux sadique et que je vous emmerde ! »
La colère de Shubert fait trembler les vitres de tous les théâtres de Broadway.
« Qu'on prenne le nom de ce voyou ! hurle-t-il à son

secrétaire. Et entendez bien ce que je vais vous dire. Jamais, jamais, je ne veux voir son nom sur aucune des affiches de mes théâtres, de mes tournées, de mes galas, d'aucun des spectacles où j'aurai quelque intérêt. Ici, là, ailleurs, partout. Qu'il ne travaille plus jamais pour nous. Jamais ! Jamais ! Jamais ! »
Il se rassied et dans le silence terrorisé de la salle, on l'entend dire à mi-voix :
« Sauf si on a besoin de lui ! » (*Except if we need him.*)

(ARTHUR LESSER)

Buste

Pour le décor d'une pièce au théâtre du Gymnase, Rodin a prêté un plâtre, un buste.
Pendant toute la durée des représentations, on prend grand soin du précieux objet.
Hélas, au lendemain de la dernière, Rodin reçoit de Franck, le directeur du théâtre, une lettre désolée : le buste a été cassé et Franck demande à l'artiste de bien vouloir préciser quel dédommagement on lui doit.
Rodin lui répond qu'il avait prévu ce malheur, qu'il avait totalement oublié son prêt, enfin qu'il est bien incapable de fixer quelque somme que ce soit…
À la suite de quoi il reçoit une nouvelle lettre de Franck :
« Merci, Maître. Le buste est chez moi à la place d'honneur. Je l'adore, mais je ne savais pas comment vous le demander. »

C

Cachet

Sacha Guitry n'était pas très généreux avec les comédiens qui jouaient ses pièces avec lui. Pour leur faire accepter la modicité de leurs cachets, il avait une technique très personnelle.

Quand il était entendu, avec un acteur, qu'il faisait partie de la distribution du nouveau spectacle, Sacha lui disait :

« Il faut hélas, monsieur, que nous parlions d'argent et j'ai horreur de ça ! Attendez, voyons, nous pourrions vous donner pour chaque représentation… »

Il ne finissait pas sa phrase, mais à cet instant précis il prenait dans la poche de son veston une boîte d'allumettes suédoises, une de celles dont la partie qui contient les allumettes s'insère dans la partie frottoir. Il la faisait glisser. Sur le dessous, il inscrivait un chiffre. Il refermait la boîte et la tendait à son interlocuteur.

Celui-ci, à son tour, faisait glisser la boîte, regardait le chiffre, qui était en général inférieur de moitié à ce qu'il espérait, d'autant plus que Sacha lui avait longuement dit auparavant qu'il était le plus fort, le plus talentueux, etc.

En voyant un chiffre aussi bas, le partenaire en restait muet, une seconde, seconde que Sacha aussitôt mettait à profit.
« Vous ne vous attendiez pas à ça, je vois. C'est beaucoup plus que vous ne pensiez. Eh bien, je vais vous dire. Vous le méritez. Et puis je l'ai écrit, n'en parlons plus ! C'est dit, c'est dit ! »

(FERNANDEL)

Cacosmie

Pour un dîner en ville, une invitée qui souffre d'une mauvaise haleine (cacosmie), et qui le sait, a été placée à la droite de Forain dont elle redoute l'humour féroce. Du coup, elle n'ouvre pas la bouche de tout le repas, ne dit pas un mot et Forain parle pendant tout le dîner avec sa voisine de gauche.
Au moment du fromage, on sert un Maroilles qui sent très fort et qu'on pose devant elle. Forain se retourne vers la dame.
« Vous disiez ? » demande-t-il.

Cadran

Dans le jardin d'un de ses amis, Sam Goldwyn découvre un objet bizarre. Il demande au jardinier :
« Qu'est-ce que c'est ça ?
— Un cadran solaire.
— Et ça sert à quoi ?
— À donner l'heure d'après la position du soleil. »
Sam Goldwyn, s'en allant, murmure :
« Qu'est-ce qu'ils vont pas inventer, de nos jours. »

(JOHN NEGULESCO)

Cage de verre

En 1927, peu de temps après son arrivée à Paris, Simenon, vingt-quatre ans, signe un contrat avec Eugène Merle qui s'apprête à lancer un nouveau quotidien, *Paris-Matin.* Par ce contrat Simenon (qui a adopté comme pseudonyme Sim) s'engage à écrire en trois jours et en trois nuits, enfermé dans une cage de verre placée dans le hall du Moulin-Rouge, le roman que publiera en feuilleton le journal à paraître. Le contrat prévoit que le thème et les personnages du roman seront choisis au dernier moment par le public et que Simenon, au fur et à mesure qu'il les aura écrits, affichera contre la vitre les feuillets de son bouquin qui seront publiés sans retouche.
Pour cet exploit, il touchera trois mille francs.
La faillite du projet de *Paris-Matin* empêche la réalisation de l'opération.

Calendrier

Tristan Bernard, passé midi, s'attarde à sa toilette dans sa salle de bains quand sa femme y fait irruption, affolée :
« Les Berl sont là, lui annonce-t-elle.
— Comment les Berl ? On est mardi aujourd'hui ?
— Oui, mardi !
— Eh bien, c'est mercredi qu'ils doivent venir déjeuner.
— Peut-être. Ils ont dû se tromper de jour. Ils sont là.
— Ne t'affole pas, dit Tristan. Que Marie les installe dans le salon. On va arranger ça. »

Tristan Bernard achève sa toilette en hâte, s'habille, file par la porte de service, va chez un traiteur du quartier chez qui il achète un déjeuner somptueux. Qu'on livrera vers 13 heures 30.
Au salon, la maîtresse de maison fait la conversation avec les Berl. Interminablement.
À deux heures moins le quart, enfin, on passe à table. Tout le monde s'installe.
Tristan commence :
« Chers amis. Excusez-moi pour ce retard. Il y a eu un problème. Tout est arrangé maintenant. Et nous allons faire, j'en suis sûr, un excellent repas. Mais voilà. C'est demain que vous deviez venir déjeuner.
— Comment, demain ? demande Berl. On n'est pas mercredi, aujourd'hui ?
— Non, cher ami. On est mardi.
— On est mardi. Oh, mon Dieu ! Mais le mardi, c'est le jour où nous déjeunons chez la comtesse de B. »
Et les deux Berl affolés posent leur serviette sur la table et filent sans demander leur reste, plantant là Tristan Bernard et sa femme.
« Nous avons fait quand même un excellent déjeuner », concluait Tristan Bernard.

(JEAN NOHAIN)

Cambronne

Frédéric Masson, historien célèbre, grand spécialiste de l'épopée napoléonienne, va enquêter sur place à Waterloo (en 1880). Là, la chance lui fait rencontrer une vieille paysanne, qui toute jeune a assisté à la bataille.
Elle était bergère et gardait ses moutons, tout à côté

de l'endroit où manœuvraient Cambronne et ses chasseurs.

Passionné, il l'interroge :

« Vous avez vu Cambronne ? Vraiment ?

— Comme je vous vois.

— Et… le mot ? Le fameux mot ? Vous l'avez entendu, le mot ?

— Le mot ?

— Le mot de Cambronne ?

— Souvent, monsieur, dans la vie, mais pas ce jour-là. »

Camembert

Interviewé par Frédéric Lefèvre pour *Les Nouvelles littéraires* sur ses débuts difficiles à Paris, Simenon répond :

« Je menais une existence très pauvre. Je n'ai survécu que grâce aux camemberts de mauvaise qualité.

— Mais comment ?

— Ben voilà. Vous achetez, très bon marché, un camembert de très mauvaise qualité. Vous en mangez la moitié. Vous refermez la boîte et vous la laissez toute la nuit sur la fenêtre. Le lendemain, vous ouvrez la boîte. Elle est de nouveau pleine. Et ainsi de suite. Un camembert peut se refaire quatre fois. Mais, je le répète, il faut des camemberts de très mauvaise qualité. »

Candidature (à l'Académie)

Jean Cocteau a posé sa candidature sous la Coupole. Un jour, rentrant chez lui, Madeleine, sa gouvernante, lui dit :
« Il y a un abbé qui a demandé Monsieur.
— Un abbé ?
— Oui. Et il a demandé que Monsieur le rappelle.
— Un abbé ? Il a laissé son nom ?
— Oui. Je l'ai noté. L'abbé Pétuel ! »
Cocteau ne comprend que le lendemain qu'il s'agissait de Georges Lecomte, secrétaire perpétuel de l'Académie française. Il avait dit à Madeleine :
« Dites à M. Cocteau de rappeler le Perpétuel. »
Elle avait compris « le Père Pétuel ».

(PIERRE BENOIT)

Président de la Société des auteurs, Marcel Pagnol réunit ses amis dans son bureau (1945). Il leur lit sa lettre de candidature à l'Académie française. Il la place dans une enveloppe, la cachète, puis appelle le garçon du bureau :
« Émile, vous irez poster cette lettre. Ce n'est pas la peine de vous presser. C'est pour un secrétaire perpétuel. »

(PAUL OLIVIER)

Canon

Parmi les invités au dîner mondain où Becque a été convié, il y a un général. Au moment où il s'en va, la maîtresse de maison le supplie.

« Oh, monsieur Becque. Avant de partir, faites-moi plaisir, dites-nous un mot cruel.
— D'accord, répond-il. Quand le général aura tiré un coup de canon. »

(CURNONSKY)

Canular

Quelques écrivains et journalistes de Montmartre dont Roland Dorgelès, Pierre Mac Orlan, Francis Carco, le critique André Warnod, en réaction contre la peinture moderne organisent (1910) le canular suivant :
Au cabaret *Le Lapin agile* où ils ont convoqué un huissier et un photographe, ils ont réquisitionné Lolo, l'âne du patron, le populaire Fredé. Ils installent l'animal devant une table débordant de choux, de carottes après lui avoir attaché au bout de la queue un pinceau enduit de peinture. Une toile vierge glissée sous son arrière-train sur laquelle se répand la peinture a été posée sur un tabouret que l'on déplace pour suivre les mouvements de la queue, de même que de temps en temps on change le pinceau et la peinture. Le barbouillage terminé, on décide que c'est un tableau. On lui trouve un titre : *Et le soleil se coucha sur l'Adriatique*, du peintre Joaquim-Raphaël Boronali (anagramme d'Aliboron). La toile, présentée au Salon des Indépendants, est prise au sérieux par la critique. Ce n'est que le salon terminé, que Dorgelès dévoile la plaisanterie dans un article du quotidien *Le Matin*.

Capri

En 1942, Curzio Malaparte est assigné à résidence par Mussolini dans sa villa de Capri : une maison magnifique, construite à l'endroit de l'île d'où l'on a, sur l'environnement merveilleux, une vue sublime. Le général Rommel, qui passe par là, demande à la visiter. Malaparte le reçoit. Rommel est émerveillé. Revenant à sa voiture, il demande à Malaparte :
« C'est vous, qui avez fait construire là cette maison ?
— Non, répond Malaparte. La maison était faite. Moi (montrant la mer, les rochers, la baie, le ciel), j'ai fait le reste. »

(KLÉBER HAEDENS)

Carrière

Les notes attribuées par ses supérieurs au ministère de la Guerre au rédacteur Valéry Paul indiquent (pour la période mai 1897 - juillet 1900) :
Mœurs et éducations : Irréprochables
Manière de servir : Parfaite
Instruction administrative : Très étendue
À quoi son chef de service a ajouté, de sa main :
Peut et doit devenir sous-chef.

Causette

Dans le foyer des comédiens des Variétés, Ève Lavallière papote avec quelques amies et la conversation est venue sur un comédien qu'elles connaissent toutes, un garçon brillant, très beau, très élégant, mais dont elles laissent entendre que dans certaines

circonstances, il n'a plus les attitudes aussi fermes qu'auparavant.
« Vous devez le savoir, dit une assistante à Lavallière.
— Peut-être... »
Voilà que le garçon en question entre. Il est superbe. On rit.
« Tiens tiens, dit le nouvel arrivant. Vous m'avez l'air bien gaies, mesdames. De quoi parliez-vous ? »
Alors, Ève :
« Nous causions chiffons. »

Causeur-causeuse

Charles de Chambrun et son épouse Marie, brillants causeurs l'un et l'autre, passent leur temps à se disputer la parole. À un déjeuner Marie, au beau milieu d'une histoire, veut boire une gorgée et pour que son mari n'en profite pas pour prendre le crachoir, pendant que de sa main droite elle porte son verre à sa bouche, elle agite sa main gauche pour l'empêcher de parler. Au même instant, elle laisse échapper un bruit incongru.
Alors son mari :
« Taisez-vous un instant, chérie, vous ne savez plus ce que vous dites. »

(HERVÉ MILLE)

Cavalier

Lucien Guitry met en scène un drame. Il a demandé à un comédien de faire son entrée « avec un peu de majesté ». Moyennant quoi, celui-ci entre, les coudes

et les genoux écartés, comme font les mauvais acteurs quand ils jouent les rois.
« Je vous ai demandé d'entrer avec majesté, lui dit Lucien Guitry. Je ne vous ai pas demandé d'entrer à cheval… Descendez et revenez à pied. »

Cellule

Charles Maurras, condamné à la réclusion à perpétuité, est incarcéré, seul dans sa cellule, à la centrale de Clairvaux.
Il a droit à une visite d'une demi-heure, chaque trimestre. Ce jour-là, c'est son neveu, son seul parent qui vient le voir.
À sa troisième visite, Maurras lui dit :
« Tu ne pourrais pas revenir un autre jour ? Aujourd'hui j'ai beaucoup de travail. »

Cent kilos

Raimu se dispute avec Pauley, son partenaire dans la comédie de Sacha Guitry *Le Noir et le Blanc*. Pauley pèse plus de cent vingt kilos. À bout d'arguments, Raimu :
« Et puis d'abord, monsieur, j'ai été gros avant vous ! »

(MARC ALLÉGRET)

Cercle

Rédacteur en chef du *Figaro*, Alfred Capus rentre du cercle où il vient de prendre une culotte terrible. Il a perdu tout ce qu'il avait. Dans les escaliers du journal, il croise un petit monsieur, tout triste, habillé

de noir, un correcteur qui, sa journée finie, rentre chez lui.
« Vous n'avez pas l'air gai ? lui dit Capus.
— Ah, monsieur le Rédacteur en chef. J'ai perdu ma femme. »
Alors Capus, la tête ailleurs :
« Vous aussi, vous êtes joueur ? »

(Louis-Gabriel Robinet)

Cervelle

Talleyrand est mort dans son hôtel de la rue Saint-Florentin. On a embaumé son cadavre. Les spécialistes ont retiré les entrailles du ventre et le cerveau du crâne. Après quoi, après avoir transformé Talleyrand en momie, ils sont partis, oubliant sur une table, la cervelle.
Un valet est entré et voyant la cervelle :
« Tiens, dit-il, ils ont oublié ça. »
Et, se souvenant qu'il y avait un égout dans la rue, y a jeté la cervelle. « *Cette cervelle qui avait pensé tant de choses, inspiré tant d'hommes, construit tant d'édifices, conduit deux révolution, trompé vingt rois, contenu le monde* » (Victor Hugo).

Chagall (Marc)

Chagall a accepté de faire visiter son atelier à un milliardaire belge de passage sur la Côte d'Azur. Celui-ci, au moment de prendre congé, demande – avec mille précautions de langage – si le Maître accepterait de lui laisser emporter (moyennant finances et son prix sera le sien) un petit souvenir de cette visite, une petite toile qu'il trouve sublime.

Chagall accepte. Mais comment en fixer le prix ? « Je ne parle jamais d'argent, glapit Chagall. L'argent c'est sale. Voyez ça avec ma femme. Moi je suis un artiste. »
L'acheteur, intimidé, se tourne vers Mme Chagall :
« Madame… selon vous… est-ce que deux millions et demi… ? »
Derrière le dos de l'acheteur, Chagall fait à sa femme de grands signes en levant la main droite, trois doigts dressés, qui indiquent :
« Trois !… Trois ! »

(IZIS)

Chance

Talleyrand, ministre des Affaires étrangères, reçoit le marquis de La Tour de Bournas dont il va signer la nomination d'attaché d'ambassade à Madrid.
Le marquis le remercie, puis ajoute que cette nomination le comble « d'autant plus que jusqu'ici, dit-il, je n'ai jamais eu de chance.
— Vous n'avez jamais eu de chance ? demande Talleyrand.
— Jamais !
— Alors excusez-moi, mais je ne peux pas confier un poste pareil à quelqu'un qui n'a pas de chance. »
Et Talleyrand annule la nomination, à Madrid, du marquis de la Tour de Bournas[1].

---

1. Cette anecdote authentique a été utilisée par Sacha Guitry dans sa pièce *Le Diable boiteux*.

Changé

Oscar Wilde, fatigué par son séjour en prison, vieilli, usé, rencontre à Paris une ancienne connaissance.
« Je ne vous avais pas reconnu, lui dit-il. J'ai tellement changé. »

Chanson

Mistinguett répète avec Maurice Chevalier au Casino de Paris la revue de la rentrée 1920.
Maurice Yvain lui apporte une chanson qu'il a composée dans la nuit et dont Willemetz a déjà écrit les paroles : une recette de cuisine – *Les cornichons*.
Yvain la chante en s'accompagnant au piano :
Vous coupez les cornichons
En tout p'tits ronds
Vous ajoutez des oignons
Un potiron.
Mistinguett déclare :
« Je ne chanterai jamais ça.
— Moi, si vous voulez, je la chanterai », propose Maurice Chevalier. Ce qui fait hurler la Miss qui aussitôt pique une colère contre son partenaire.
« Il n'en est pas question ! Voleur de chansons ! »
Willemetz et Maurice Yvain se retirent sans un mot.
Ils reviennent un peu plus tard. Maurice Yvain a ralenti le rythme de la chanson. Willemetz a écrit des paroles nouvelles.
Je l'ai tell'ment dans la peau
Qu' j'en suis marteau
Dès qu'il me touche c'est fini
Je suis à lui.

C'est *Mon homme* qui vaudra un triomphe à Mistinguett, que reprendront après elle Fréhel, Marie Dubas, Édith Piaf, que Louis Amstrong imposera comme un classique du jazz et que chanteront aux États-Unis Ella Fitzgerald, Eartha Kitt et Barbara Streisand.

Chapiteau

À quatre-vingts ans passés, Sampion Bouglione, fondateur de la célèbre dynastie du cirque, suit dans l'Ouest la tournée du chapiteau qui porte son nom. Le vieil homme a gardé toute son autorité de patron et de chef de famille. Un dimanche, il est pris d'un malaise. Il se couche avant le finale. La soirée terminée, on démonte le chapiteau et on repart. La tournée continue.
De ville en ville, cela va de plus en plus mal. À Niort, le patriarche n'a plus la force de se lever. Un médecin appelé à son chevet explique à ses fils qu'il est perdu, qu'il n'en a plus que pour quelques jours et qu'il n'est pas question pour lui de continuer sur les routes, à bord de sa roulotte.
Le cirque doit poursuivre sa tournée. Il est annoncé à La Rochelle, à Rochefort. Le médecin propose de transporter le malade dans un hôtel de la ville.
« Non, disent les fils. Pas question que le père quitte le cirque. Il y a vécu toute sa vie. Il y mourra. »
Un des frères trouve une solution : le chapiteau repart dans la nuit. Le vieil homme reste couché dans sa roulotte garée à l'abri sur la place de la ville. On laisse aussi à Niort la moitié de l'orchestre. Tous les jours, les musiciens font le tour du quartier en jouant allégrement les airs de la parade. Ainsi dans

son sommeil de moribond, le vieux patriarche a pu croire, jusqu'à sa mort quelques jours plus tard, qu'il était toujours au milieu de la caravane, que son cirque continuait son voyage et qu'il le continuait avec lui.

(CHARLES TRENET)

Charade

On disait à Émile Bergerat, de l'Académie Goncourt, qui avait épousé la seconde fille de Théophile Gautier :

« Vous, Maître, qui êtes si célèbre.

— Ah, vous croyez ça ! répond-il. Eh bien, je vais vous raconter ce qui m'est arrivé l'autre jour dans une soirée où l'on jouait aux charades. Un invité proposa celle-ci : "Mon premier est le bord d'une rivière. Mon second le mâle de la souris. Mon tout est le gendre de Théophile Gautier." Et tout le monde de s'écrier : "Catulle Mendès" » [1].

Chasse

Au soir d'une journée de chasse en Sologne, Édouard Herriot, alors grand coureur de jupons, se repose devant une cheminée où on a allumé un grand feu de bois. Auprès de lui, une diane du jour, assise dans un fauteuil devant les flammes, relève ses jupes pour profiter de la chaleur.

« Si c'est pour moi, lui dit Herriot, pas trop cuit. »

(JEAN FERNIOT)

---

1. Catulle Mendès avait été le premier mari de la fille aînée de Théophile Gautier.

Chassé-croisé

Henri Béraud boit un demi à la terrasse du *Fouquet's* avec Henri Jeanson. On est en 1933. Un consommateur vient s'asseoir à une table voisine. Béraud demande à Jeanson :

« Tu sais qui c'est ?

— Parbleu, c'est Mauriac.

— Je viens de lui céder mon fauteuil à l'Académie, explique Béraud.

— Mais comment ?

— Oui, le fauteuil de Brieux. Je m'étais présenté et j'allais être élu sans problème. Et puis on me dit que Mauriac est aussi candidat. Comme je sais qu'il a un cancer à la gorge et qu'il n'a plus que quelques mois à vivre, je n'ai pas voulu le priver de ce qui sera sans doute sa dernière joie. J'ai retiré ma candidature. Je serai académicien la prochaine fois. »

Béraud est mort (sans avoir été académicien) en 1958. Mauriac en 1970.

(HENRI JEANSON)

Chef de gare

Alphonse Allais se promène avec Sacha Guitry sur la route d'Honfleur à Pont-Audemer. Ils passent devant la gare de Saint-Sauveur. C'est une petite gare coquette. Un train s'y arrête le matin. Un autre le soir. Pas plus.

« Allons dire bonjour à ce chef de gare qui doit être bien seul », propose Alphonse Allais.

Un homme se promène sur le quai.

« Vous êtes le chef de gare ? lui demande Allais.

— Parfaitement, monsieur.

— Eh bien, je vous fais tous mes compliments. Vous avez une gare charmante, charmante, charmante. Mais comme elle est mal placée ! Vous auriez une gare comme celle-là à Paris, monsieur, vous feriez un argent fou ! »

(Sacha Guitry)

Chèque

Eugène Merle est, dans les années 1920, un des personnages les plus pittoresques du monde de la presse à Paris. Marseillais volubile, jamais à court d'idées, remarquable dénicheur de talents (il a lancé Béraud, Jeanson, Oberlé), c'est lui qui avait créé *Le Merle blanc*, *Paris-Midi*, *Paris-Soir*.
À ses débuts à Paris, Merle avait été le grand spécialiste de la presse à chantage. Une de ses opérations les plus célèbres avait consisté à publier, à la une d'un de ses hebdomadaires, et sur cinq colonnes, le titre suivant :

IL Y A DE LA GRIPPE DANS LES GRANDS MAGASINS.

Et on annonçait à paraître, dans le numéro suivant, une enquête très sérieuse sur le sujet.
Bien entendu, les Grands Magasins « crachaient au bassinet » et l'enquête – qui n'avait jamais été faite – ne paraissait pas.

Un dimanche, Eugène Merle, qui n'a pas un sou en poche, se présente, vers midi, devant la grille fermée d'une petite banque privée dont il sait que le propriétaire habite l'immeuble au-dessus des bureaux. Il sonne. Apparaît le concierge.
« Voulez-vous dire à M. le directeur que je désire le voir, lui dit-il.

— Mais, monsieur, c'est dimanche. M. le directeur est chez lui. Il ne reçoit pas.
— Bien. Voulez-vous lui apporter ma carte. »
Le concierge prend la carte de Merle, s'en va, et revient dix minutes plus tard avec une enveloppe, de la part du directeur. Dans l'enveloppe, un billet de cinquante francs... que Merle met dans sa poche.
« Si j'avais su pourquoi il m'avait fait ce cadeau, disait Merle à un ami, ça lui aurait coûté beaucoup plus cher. »

Devenu patron de *Paris-Midi*, il entretenait toujours des rapports très particuliers avec les problèmes financiers.
Devant Jeanson qui attend dans son bureau sa dernière pige, Merle signe toute une série de chèques destinés à assurer une échéance, puis ajoute à l'intention de son collaborateur :
« Comment voulez-vous que, dans toute cette quantité, il n'y en ait pas quelques-uns en bois ? »

(JEAN OBERLÉ)

Cheval

M. Quoirez, le père de Françoise Sagan, rentre un soir chez lui, boulevard Saint-Germain. Il a invité quelques amis à dîner. Des affaires l'ont mis très en retard et il en est un peu gêné. Dans l'ascenseur, il se trompe de bouton et s'arrête à l'étage au-dessus du sien. Il entend un bruit de conversation. Il entre et, pour faire bonne contenance, il se met à caracoler en chantant :
« J'arrive à cheval ! À cheval ! À cheval ! »
Il entre dans la salle à manger où des gens sont en

train de dîner. Toujours caracolant et toujours chantant « À cheval ! A cheval ! », il fait le tour de la table et découvrant qu'il n'y connaît personne, il comprend qu'il s'est trompé d'étage et sans cesser de caracoler, il sort en chantant :
« Et je repars à cheval ! À cheval ! À cheval ! »

(FRANÇOISE SAGAN)

Chicane

C'est un impresario un peu marron célèbre pour son goût de la chicane. Il fait des procès à presque tous ceux qui sont en affaires avec lui et comme il est très fort pour rédiger les contrats, il les gagne. Sacha Guitry entre dans son bureau au moment où il est en train de terminer un contrat avec un comédien ami, Louis Martin.
Les deux hommes signent les papiers, se félicitent de la conclusion heureuse de leur accord. Martin prend un des deux exemplaires du contrat. L'impresario garde l'autre et le range dans une chemise bleue sur laquelle Sacha le voit écrire : « Procès Martin ».

(SACHA GUITRY)

Choléra

Harel était le directeur du théâtre de la Porte Saint-Martin quand on y créa le célèbre mélo d'Alexandre Dumas, *La Tour de Nesles*. C'était en 1832 et se déclara alors dans Paris une épidémie de choléra qui vidait les théâtres. Harel envoya aux journaux ce communiqué :
« On a remarqué avec étonnement que les salles de spectacle étaient "les seuls" endroits publics où quel

que fut le nombre de spectateurs aucun cas de choléra ne s'était encore manifesté. Nous livrons ce fait incontestable à l'investigation de la science. »

(CURNONSKY)

Chouan

Georges Cadoudal, chef chouan, puis agent royaliste, a tué un des gendarmes venus l'arrêter, rue Monsieur-le-Prince.
Le préfet de police Dubois lui en fait le reproche :
« Vous avez tué un gendarme père de famille.
— La prochaine fois, arrangez-vous pour me faire arrêter par un gendarme célibataire. »

Chut

Une femme de quatre-vingt-dix ans disait à M. de Fontenelle âgé de quatre-vingt-quinze :
« La mort nous a oubliés.
— Chut », lui répondit M. de Fontenelle en mettant le doigt sur sa bouche.

(CHAMFORT)

Cid

Napoléon arrive un soir à l'improviste dans sa loge de la Comédie-Française qui joue *Le Cid*. Il assiste à une représentation lamentable. Tous les rôles sont tenus par des doublures. Il quitte le théâtre après le deuxième acte, rentre aux Tuileries et convoque, toutes affaires cessantes, Remusat, chambellan en charge du Théâtre-Français. Aux reproches de l'Empereur, Remusat répond que, dans l'état de la

troupe, *Le Cid* ne peut pas être présenté différemment.
Napoléon, furieux, le fait asseoir à un bureau.
« Écrivez, lui dit-il, la distribution que je vais vous donner. Rodrigue : Talma – Don Diègue : Monvel – Don Gormas : Saint-Prix – Chimène : Mlle du Chaussoy – Le Roi : Lafon – Don Sanche : Damas. Il n'est qu'onze heures. Convoquez le comité et remettez-lui cette distribution. Vous ajouterez que je veux que *Le Cid* soit joué comme je l'ai distribué. Et que ce jour-là, je serai à sept heures précises dans ma loge. »
Au jour indiqué, la salle est comble. Ce fut une des représentations du *Cid* les plus brillantes dans l'histoire de la Maison.

(JACQUES CHARRON)

Cigare

Alexandre Korda, de passage à Paris, déjeune avec Henri Jeanson à qui il offre deux superbes cigares.
Jeanson, rencontrant Raimu, lui en donne un.
« Pourquoi tu ne me donnes pas aussi l'autre ? demande Raimu.
— Parce que je veux le fumer.
— Tu es un gros égoïste », conclut Raimu.

(HENRI JEANSON)

Clochemerle

Dans *Clochemerle*, adaptation pour l'écran du fameux roman de Gabriel Chevallier que tourne Pierre Chenal, Saturnin Fabre joue le rôle du ministre. C'est lui qui inaugure la célèbre pissotière. Pour donner plus de

vérité à la scène, et aussi pour une question de son, on a fait couler un peu d'eau dans l'édicule. Le plan terminé, on démonte le décor. Il ne reste qu'une flaque d'eau sur le sol du studio, une flaque assez large.
« Dites donc, demande un figurant à Saturnin Fabre, vous aviez un sacré besoin. »

(SATURNIN FABRE)

Cloison

Yvonne Printemps a donné rendez-vous chez elle au compositeur Van Parys et à l'auteur Claude Marsan. Ils doivent lui lire une opérette nouvelle, *Virginie Dejazet*, qu'ils viennent de terminer. Elle leur a dit que l'affaire l'intéressait.
Auteur et compositeur sont reçus à leur arrivée par Pierre Fresnay :
« Ma femme est fatiguée, leur dit-il, elle ne pourra pas vous recevoir. »
Comme ils vont partir, Fresnay ajoute :
« Mais sa chambre est à côté. Son lit est contre la cloison. Faites votre lecture. En collant son oreille contre la cloison, elle entendra très bien. Comme si elle était dans ce salon. »
Van Parys et Marsan, forcés d'en passer par là, lisent leur opérette devant la cloison. Ils ne sont rassurés sur la présence d'Yvonne Printemps de l'autre côté que par un coup de téléphone qui lui est destiné et auquel elle répond. Sa conversation avec une amie dure bien une demi-heure.
Après quoi Van Parys et Marsan finissent leur lecture à toute vitesse et disparaissent. Ils n'ont pas vu Yvonne Printemps.

(GEORGES VAN PARYS)

Cocu

M. Barthe était jaloux de sa femme. Le duc de M., chez qui il fréquente, découvre cette situation et lui dit :
« Vous jaloux ! Mais savez-vous bien que c'est une prétention ? C'est bien de l'honneur que vous vous faites. Je m'explique : n'est pas cocu qui veut. Savez-vous que, pour l'être, il faut savoir tenir une maison, être poli, sociable, aimable. Commencez par acquérir toutes ces qualités et puis les honnêtes gens verront ce qu'ils auront à faire pour vous. Tel que vous êtes, qui pourrait vous faire cocu ? Quand il sera temps de vous effrayer, je vous ferai mon compliment. »

(CHAMFORT)

Colonie (de vacances)

En 1936 après l'arrivée au pouvoir du Front populaire, et quelques grèves, Coco Chanel installe à Mimizan, dans les Landes, une colonie de vacances pour son personnel à qui elle offre, sur simple demande, le voyage aller-retour et un séjour de deux semaines.
Quatre cents couturières, vendeuses, petites mains en profitent. Cela dure trois ans.
Au bout de ce temps, le maire de Mimizan demande à Chanel de fermer son centre. Motif : les femmes en vacances prenaient tous les hommes du pays.

(PAUL MORAND)

Comblé

À la tribune de la Chambre, Victor Hugo prononce un discours officiel où il s'oppose à la révision de la Constitution (1850). Un député l'interrompt :
« Ça suffit ! La mauvaise littérature fait de la mauvaise politique. Victor Hugo, à la Porte Saint-Martin, oui. Pas ici !
— Vous savez mon nom, monsieur, dit l'orateur à l'interrupteur. Et moi je ne connais pas le vôtre. Comment vous appelez-vous ?
— Boubousson.
— C'est plus que je n'espérais. »

Comique

Charlie Chaplin (18 ans) débute à Londres au cirque Karno en même temps qu'un autre clown, Stan Laurel, qui lui crée des complexes : il le trouve plus comique que lui.
Cela va durer toute sa vie.
Devenu richissime et célébrissime, salué comme un génie par tous les grands esprits du siècle, Chaplin ne se console pas de penser qu'il y a au monde un comique qui fait rire plus que lui : Stan Laurel.
Le jour où il décide de tourner son autobiographie, pour le rôle de son propre personnage il convoque Jerry Lewis et la première question qu'il lui pose, c'est :
« Est-ce que Laurel vous fait rire plus que moi ?
— Pareil », répond Jerry Lewis après dix secondes d'hésitation.
Alors Chaplin :

« Vous, vous avez raté votre vocation. Vous auriez fait un excellent diplomate. »

(Richard Attenborough)

Commedia

C'est un soir de grande première de gala au Théâtre de la Madeleine. Au milieu de l'assistance la plus brillante, des académiciens, des ambassadeurs, des ministres qui se pressent dans le hall du théâtre, Louise de Vilmorin fait une entrée de diva. Tous les assistants s'écartent pour la laisser passer. Soudain, au milieu de la foule, elle s'appuie sur le bras de son frère qui l'accompagne, et s'écroule. C'est une syncope. La voilà par terre, étendue de tout son long. Dans tout le théâtre, c'est le branle-bas. Les contrôleurs, les ouvreuses, les invités, les dames du vestiaire se précipitent. Le chauffeur de Louise – un Italien – surgit, la prend dans ses bras pour la ramener dans sa voiture. Le directeur du théâtre André Bernheim s'interpose. Il veut qu'on la transporte dans son bureau. Le chauffeur ne veut pas. Bernheim explique qu'il a convoqué le médecin de service, que celui-ci va arriver. Il va appeler aussi son médecin personnel. Louise, dans les bras du chauffeur, est toujours sans connaissance. Au milieu du brouhaha, le chauffeur se penche à l'oreille de Bernheim et lui dit tout bas : « *Commedia.* » Le directeur reste sans voix. Louise, qui a accepté un dîner pour le même soir, est trop amie avec la vedette de la pièce pour ne pas apparaître à la première. Ne voulant pas non plus rater le dîner, elle a imaginé la mise en scène de sa syncope. Entre-temps, le chauffeur l'a réinstallée dans la voiture et l'emmène à son dîner.

Commonwealth

Au lendemain de la victoire de 1945, Churchill donne à Londres un grand banquet pour tous les chefs de gouvernement des pays du Commonwealth. On dîne dans la vaisselle d'or de la Reine Victoria. Au milieu du repas, un majordome se penche à l'oreille de Churchill :

« Monsieur le Ministre, un de vos convives, le Président du Kenya, vient de mettre une salière dans sa poche. »

Churchill a entendu. Il ne réagit pas.

Au dessert, il se lève et propose à l'assemblée qu'on relâche un peu le protocole et que, par exemple, chaque invité aille s'asseoir à côté de celui qu'il connaît bien, à qui il a quelque chose à dire. Lui-même, Churchill va s'asseoir à côté du Président du Kenya. Tout en parlant avec lui, il fauche lui aussi une salière en or qu'il met dans sa poche. Et puis un instant après, il dit à son voisin :

« Je crois qu'on nous a vus. Il vaudrait mieux remettre ces salières sur la table. »

Il sort la salière de sa poche et la remet en place. Le Président du Kenya fait de même.

(ÉLIE VANIER)

Complet

Anatole France, à dix-huit ans, assiste à une représentation au Théâtre Italien. La salle est comble. Il ne reste plus un seul fauteuil libre. Un vieux monsieur lui tape sur l'épaule.

« Jeune homme, donnez-moi votre siège. »

Anatole France le regarde, interloqué. Le vieux monsieur ajoute :
« Je suis M. Ingres. »
Anatole France se lève et reste debout pendant tout le spectacle.

Compliments

Un jeune journaliste, à l'occasion d'un banquet littéraire, se retrouve à la table de Curnonsky et de Willy. Il complimente celui-ci pour son dernier ouvrage récemment paru. Il lui a plu à ce point qu'il peut en réciter par cœur un passage tout entier. Ce qu'il commence à faire.
Willy prend alors un air lointain et embarrassé.
Le jeune homme poursuit sa récitation.
Alors Curnonsky, lui décochant un coup de pied sous la table, lui dit tout bas :
« Arrêtez donc. Vous ne voyez pas qu'il ne l'a pas lu ? »

Complot

Au procès du général Malet, organisateur d'un complot contre Napoléon en 1812, le président demande à l'accusé :
« Mais enfin, qui espériez-vous entraîner dans votre aventure ?
— Toute la France si j'avais réussi. Et vous le premier, monsieur le Président. »
Malet a été condamné à mort et exécuté.

Conférence

Invité par un club de femmes à faire une conférence à Santa Monica, Orson Welles ne trouve, à son arrivée, qu'un public très clairsemé. La présidente du club de dames refuse de le présenter. Alors il prend la parole :

« Mesdames et messieurs, dit-il, puisqu'il n'y a personne ici pour vous donner quelques indications sur ma vie et ma carrière, je vais le faire moi-même. Voilà. Vous avez devant vous un metteur en scène de théâtre, un producteur de théâtre, un acteur de théâtre, un acteur de cinéma, un réalisateur de films, un auteur et un metteur en ondes de radio, un peintre et un dessinateur. Et aussi un éditeur. (Puis, après un silence.) Est-ce que ce n'est pas navrant que je sois, moi, si nombreux et que vous, vous soyez si peu ? »

Confidences

Tout Metz, en ce jour de printemps 1808, est en fête. L'Empereur vient inaugurer les nouvelles casernes. Les autorités attendent l'illustre visiteur, groupées en demi-cercle sur une place de la ville, le préfet en grand uniforme, le général commandant la région, Monseigneur l'archevêque, le maire de la ville occupent le centre du groupe. Aux extrémités, on a placé les gendarmes, les pompiers, les petits fonctionnaires. Parmi eux, il y a un jeune commis municipal, Colleret.

C'est juste en face de lui que s'arrête la calèche impériale. Napoléon en descend. Il est de très mauvaise humeur. Il va à Colleret, lui prend le bras, s'appuie sur lui. Pendant tous les discours, toute la visite des nouveaux bâtiments, il ne quitte pas le bras du jeune homme à qui – tous les assistants le remarquent – il ne cesse de parler à l'oreille.

Dès le lendemain Colleret est pour tout Metz « l'ami de Napoléon ». Il est fêté, reçu, promu. On voudrait savoir ce que l'Empereur a bien pu lui dire dans le creux de l'oreille. Colleret refuse de le révéler. La Restauration lui vaut toutes les disgrâces. L'arrivée au pouvoir de Napoléon III lui donne sa revanche. Il est nommé sénateur. Il est fait grand croix de la Légion d'honneur.

Le secret des fameuses confidences de Napoléon, il le confiera à un neveu, quelques jours avant sa mort.

« Napoléon ? Ce qu'il m'a dit ce jour-là ? Il m'a dit : " Ah, ce que ce cor au pied me fait souffrir ! Je ne pourrai jamais parcourir ces putains de casernes si vous ne me soutenez pas." Et pendant deux heures, il a proféré les pires injures contre son bottier, un nommé Daquin, qu'il traitait de voyou et même – ce devait être un homosexuel – d'enculé. Tu vois bien que – pour le prestige même de l'Empereur – je ne pouvais pas répéter cela. Et d'avoir réussi à le cacher m'a valu tous les honneurs. »

Montrant son grand cordon rouge et son habit brodé de sénateur, Colleret dit enfin :

« Tout cela pour avoir servi de canne, pendant deux heures, à l'Empereur. »

Il ajoutait :

« Et entre nous, aujourd'hui, je peux bien te le dire : j'ai toujours été royaliste. »

Confirmation

À Aix-en-Provence, où Fernandel tourne *Carnaval*, dialogues de Marcel Pagnol, les deux hommes ont une altercation que Pagnol en colère termine en disant tout haut à Fernandel, devant tous les comédiens et tous les techniciens :

« Tu n'es et n'as jamais été qu'un paillasse, qu'un pitre et qu'un grimacier ! »

Fernandel, ulcéré, décide d'arrêter le film. Dans le studio, c'est la désolation. Tous supplient Fernandel de revenir sur sa décision. Il est évident que les paroles de Pagnol ont dépassé sa pensée. Après deux heures de palabres, Fernandel accepte de reprendre le tournage.

On lui apporte alors une lettre. Il reconnaît sur l'enveloppe la belle écriture de Pagnol. Il pense que c'est une lettre d'excuses.

Il commence à lire. Pagnol lui écrit :

« Mon cher Fernand. Tout à l'heure j'étais en colère et quand on est en colère, il nous arrive de dire n'importe quoi. Je tiens à ce qu'il ne reste entre nous aucun malentendu. »

Fernandel est rassuré. C'est bien une lettre d'excuses.

Il poursuit sa lecture :

« Mon calme retrouvé et après avoir réfléchi, je viens te confirmer par cette lettre que tu n'es et que tu n'as jamais été qu'un paillasse, qu'un pitre et qu'un grimacier. »

(Jo Martinetti)

Conflit

Saturnin Fabre joue à Périgueux en tournée un mauvais mélo historique. Il est entouré de quatre acteurs médiocres, de deux utilités. Par contre on n'a pas plaint les figurants : ils sont une douzaine.
Dans la salle, un public très clairsemé et qui, devant la nullité de la représentation, commence à murmurer, à chahuter.
Saturnin Fabre vient à l'avant-scène et s'adressant aux spectateurs :
« Attention, leur crie-t-il, nous sommes plus nombreux que vous ! »

(PAULINE CARTON)

Confrère

Samuel, directeur du Théâtre des Variétés, qui reçoit Feydeau, lui montre le manuscrit apporté par un auteur :
« Je l'ai lu, dit-il, ce n'est pas fameux. Je voulais le faire retaper par Feutrier (le librettiste des *Mousquetaires au couvent*), il ne veut pas. Vous ne voudriez pas le lire et me donner votre avis ? »
Feydeau prend le manuscrit, le lit et le rapporte à Samuel.
« Il faut jouer cette pièce telle qu'elle est, dit-il, sans rien y changer. C'est un chef-d'œuvre. »
C'était *La Parisienne* de Becque.
Quand Samuel racontait l'histoire, on lui demandait :
« Est-ce que Becque en a remercié Feydeau ?
— Pensez-vous. Au contraire. Depuis, il ne lui parle plus. »

Confusion

Après avoir quitté les ordres, Talleyrand a épousé Mme Grand, très belle, mais réputée très sotte. Talleyrand doit recevoir à dîner Sir George Robinson, ambassadeur de Grande-Bretagne, qui a beaucoup voyagé, qui a publié les récits de ses expéditions autour du monde. Talleyrand conseille à sa femme, pour mieux soutenir la conversation avec leur invité qui, à table, sera placé à sa droite, de parcourir quelques-uns de ses ouvrages.
Le dîner est servi. Mme Talleyrand commence aussitôt :
« Au fait, demande-t-elle à son voisin, qu'est devenu Vendredi, ce jeune Noir si gentil et qui vous a été si précieux sur votre île déserte ? »
Elle avait confondu avec Robinson Crusoé.
Pendant des semaines, le Tout-Paris a fait des gorges chaudes aux dépens de Mme Talleyrand en répétant cette histoire.

Conjugaison

Dans un de ses premiers romans, Audiberti fait parler deux amants qui viennent de décider de se tutoyer. L'un d'eux dit à l'autre :
« J'aime tutoyer ceux que j'aime. “Tu” est beau. »
Tu étant ici un mot en soi, le verbe doit être conjugué à la troisième personne de l'indicatif présent : est. Avec un t.
Bien entendu, le premier correcteur lisant les épreuves fait sauter le t.
Audiberti le rétablit.

On le lui fait sauter une deuxième fois.
Audiberti le rétablit à nouveau.
On le lui fera sauter six fois.
Il le rétablira six fois. Puis pour plus de sécurité, il se rend à l'imprimerie pour surveiller le tirage de son livre. Trop tard ! Le cahier où se trouve la page en question vient justement de sortir des presses. Au dernier moment, un correcteur a encore fait sauter le t.

(GASTON BONHEUR)

Conscience

Talleyrand évoque les consciences qu'il faut acheter parfois pour des raisons diplomatiques.
On lui demande :
« Et lequel des deux est le plus embarrassé, celui qui offre ou celui à qui on offre ? »
Réponse :
« Cela dépend, chez l'un comme chez l'autre, de la somme. »

Content

Au Théâtre Hébertot, à la fin de la générale de sa pièce *Le Passage du malin* qui n'a pas été très bien accueillie, François Mauriac croise dans le foyer Henry Bernstein qui lui demande :
« Alors ? Vous êtes content ?
— Moins que vous. »

Contrôle

Pour la première représentation d'*Esther*, le chef-d'œuvre de Racine, chez les demoiselles de Saint-Cyr, c'est Mme de Maintenon qui avait établi elle-même la liste très restreinte des invités. Beaucoup de courtisans qui n'y figuraient pas y allèrent tout de même, persuadés qu'ils réussiraient à entrer dans la salle. À leur arrivée, stupeur ! C'était Louis XIV lui-même qui, barrant la porte avec sa canne, contrôlait les invitations.

Conversation

Annonce parue dans les journaux de Bruxelles dans les années 1810 :

« M. le baron Frédéric d'A... qui est en ce moment à Bruxelles et qui s'appelle baron Frédéric d'A... a l'honneur d'exposer au public qu'étant doué d'un talent de conversation fort distingué, nourri d'études solides (ce qui devient de plus en plus rare), ayant recueilli dans ses nombreux voyages une foule d'observations instructives et intéressantes, met son temps au service des maîtres et maîtresses de maison ainsi que des personnes qui s'ennuieraient de ne pas savoir causer agréablement.

« Le baron Frédéric de A... fait la conversation en ville et chez lui. Son salon, ouvert aux abonnés deux fois par jour, est le rendez-vous d'une société choisie (25 francs par mois). Trois heures de ses journées sont consacrées à une causerie instructive mais aimable. Les nouvelles, les sujets littéraires et d'art, les observations de mœurs où domine une malice sans aigreur, quelques discussions polies sur divers

sujets toujours étrangers à la politique font les frais des séances du soir.
« Les séances de conversation en ville se règlent à raison de 10 francs l'heure. M. le baron Frédéric d'A... n'accepte que trois invitations à dîner par semaine à 20 francs (sans la soirée). L'esprit de sa causerie est gradué selon les services (les calembours et jeux de mots sont l'objet d'arrangements particuliers).
« M. le baron Frédéric de A... se charge de fournir des causeurs convenablement vêtus pour soutenir et varier la conversation dans les cas où les personnes qui l'emploieraient ne voudraient pas avoir l'embarras des répliques, observations ou réponses. Il les offre également comme amis aux étrangers et aux particuliers peu répandus dans la société. »

Conversion

À propos de la veuve du romancier Muhlfeld qui s'est convertie au catholicisme et dont on trouve qu'elle en parle beaucoup, Forain dit :
« Il n'y a pas huit jours qu'elle connaît la Sainte Vierge et déjà elle l'appelle Marie. »

(FLORENCE VALDÈS-FORAIN)

Convoi

Quand le convoi funèbre de Fontenelle passe devant chez lui, Piron appelle sa nièce :
« Viens voir. Une chose extraordinaire ! Voici Fontenelle qui sort de chez lui et ce n'est pas pour aller dîner en ville. »

Cosmopolite

Jean-Jacques Rousseau et la comtesse de Boufflers étaient très fâchés l'un contre l'autre. Un jour, on dit devant eux que l'amour du genre humain éteignait l'amour de la patrie.
« Pour moi, dit la comtesse, je sais par mon exemple et je sens que ce n'est pas vrai. Je suis très bonne Française et je ne m'intéresse pas moins au bonheur de tous les peuples.
— Je vous entends, dit Rousseau, vous êtes Française par votre buste et cosmopolite du reste de votre personne. »

(CHAMFORT)

Couleur

Clemenceau assiste à la mise en bière de son ami le peintre Claude Monet. Au moment où l'employé des Pompes funèbres va mettre sur le cercueil le drap noir habituel, il l'arrête :
« Non », dit-il.
Il va à la fenêtre, décroche un rideau de toile fleuri et l'étend sur le cercueil, déclarant :
« Pas de noir pour Monet. Le noir n'est pas une couleur. »

Coup de fil

Au cours de l'offensive en Belgique de l'hiver 1944-1945, le téléphone personnel du général Patton sonne dans son P.C. Il décroche lui-même. Et se fait engueuler.
« Eh ben ! alors, bandes de cons ! Qu'est-ce que vous branlez ? Merde !...

— Vous savez à qui vous parlez ? demande Patton, quand enfin la voix se tait… Ici, c'est le général Patton.
— Et vous ? demande son interlocuteur. Vous savez à qui vous parlez ?
— Pas du tout.
— Eh ben, tant mieux ! »
Et on raccroche.

Coup de pied

À Georges Feydeau qui vient en deux saisons de faire représenter cinq immenses succès, Lucien Guitry dit :
« Il faut que vous écriviez une pièce pour moi.
— Impossible, répond Feydeau.
— Et pourquoi donc ?
— Parce que, dans mes pièces, le premier rôle, c'est celui qui fait rire. Et celui qui fait rire, c'est celui qui reçoit des coups de pied au cul. Je ne vous vois pas recevant des coups de pied au cul. »

Couvre-chef

Chez un chapelier de la rue Tronchet, Lucien Guitry essaye un feutre à larges bords et demande son avis à son amie Marthe Brandès :
« Et celui-ci, comment me va-t-il ?
— Il ne vous va pas. Il vous donne l'air d'un vieux maquereau. »
Alors Lucien Guitry au chapelier :
« Donnez m'en un autre, monsieur. Celui-ci me vieillit. »

Cow-boy

Raoul Walsh s'est pris d'amitié pour un cow-boy, un vrai, Jim Kidd, à qui il a fait faire, à Hollywood, une carrière de figurant. Il l'a lui-même engagé dans plusieurs de ses films. Jim Kidd, originaire de Cheyenne dans le Wyoming, considère Walsh comme son bienfaiteur.
Un jour Jim Kidd tombe malade. Walsh va le voir à l'hôpital.
Jim Kidd lui dit :
« Je sais que je suis foutu, que je vais mourir. Et tout ce que je souhaite c'est d'être enterré aux côtés de mes parents. Si je meurs, promettez-moi de renvoyer mon corps à Cheyenne, au shérif de Cheyenne qui fera le nécessaire. »
Walsh promet. Jim Kidd meurt et Walsh tient sa promesse. Il envoie le cercueil de son ami au shérif de Cheyenne.
Il reçoit en retour un chèque de 1 000 dollars.
Jim Kidd était recherché « pour avoir commis un double meurtre dans le Wyoming vingt ans plus tôt ». Et il y avait une promesse de récompense de 1 000 dollars à qui le livrerait « mort ou vif ».
Ces mille dollars étaient le cadeau posthume que Jim Kidd avait choisi de faire à son bienfaiteur.

(RAOUL WALSH)

Cravate

Jean Nohain présente pendant quatre ans à Radio-Luxembourg et à Radio-Monte-Carlo une émission populaire au cours de laquelle est diffusée de la publicité très chère pour *La Cravate lumineuse*. Comme il

ne rencontre jamais, nulle part, personne qui porte une cravate lumineuse, il se pose la question : « Pourquoi cette firme dépense-t-elle tous ces millions pour lancer un article qui n'intéresse personne ? »
Un jour, au privé du casino de Deauville, un joueur se présente à lui, lui dit son nom et ajoute :
« *La Cravate lumineuse*, c'est moi ! »
Et il donne enfin à Jean Nohain la réponse à sa question :
« Voilà, lui dit-il, il y a cinq ans, j'ai créé une affaire de cravates. Lorsque j'ai envoyé, dans les boutiques de chemisiers, des représentants chargés de placer ma production, nous avons découvert que le marché était solidement tenu en main par deux maisons très anciennes. Partout, nos placiers étaient éconduits. "Merci, leur disait-on. Nous avons déjà nos fournisseurs. Nous n'avons besoin de rien." On ne leur laissait même pas ouvrir leurs valises. Alors j'ai eu cette idée de la cravate lumineuse et de lancer la formule à la radio, grâce à vous. Du jour au lendemain, pour mes représentants, tout avait changé. Quand mon type arrivait dans un magasin et disait : "Bonjour, messieurs, je représente *La Cravate lumineuse*", on ne le flanquait plus à la porte. On lui disait : "Ah, c'est vous, cette connerie. Et ça consiste en quoi ?" Mon homme passait alors une cravate lumineuse, faisait faire l'obscurité et on apercevait sur sa cravate une femme nue, une inscription *Embrasse-moi vite dans le noir*. On rallumait. À ce moment le boutiquier disait : "Ouais, c'est rigolo votre truc, mais j'ai pas la clientèle pour, j'en vendrai pas une. — Oui, répondait le placier, mais j'ai aussi des cravates normales de qualité supérieure, à des prix très intéressants",

etc., etc. Il était dans la place. On l'écoutait. Il ne lui restait plus qu'à vendre sa marchandise. Et nos affaires sont très florissantes. »

Critique

Tristan Bernard se promène dans la campagne avec un de ses petits-fils, un enfant de cinq ans. Ils aperçoivent un troupeau de moutons. Un mouton, qui s'est approché d'eux, bêle.
« Ce n'est pas comme ça qu'on fait "bêe" », dit l'enfant au mouton.
Alors Tristan Bernard à l'enfant :
« Toi, mon petit, tu seras critique dramatique. »

D

Débuts

Jean Prouvost, arrivé trop tôt un après-midi à *Paris-Soir*, trouve la rédaction déserte. Tous les journalistes partis déjeuner ne sont pas encore revenus. Personne avec qui parler. Sauf, dans le bureau des chroniqueurs parisiens, un jeune garçon en culottes courtes, à qui il demande ce qu'il fait là.
« J'étais venu apporter des échos de théâtre à M. Paul Achard », répond le garçon (Paul Achard est le chef de la rubrique).
Prouvost parle avec l'inconnu, apprend qu'il a quinze ans, qu'il est élève au lycée Chaptal. Il le trouve sympathique, déluré, étonnamment au courant de la vie des coulisses. Il l'engage. C'est Pierre Lazareff.

Dédicace

Roger Vitrac, écrivain surréaliste, auteur de la pièce *Victor ou les enfants au pouvoir*, passe l'après-midi chez Gallimard, son éditeur, pour dédicacer son nouveau livre aux personnalités dont on lui a donné

la liste. Après son départ, une secrétaire venue chercher la pile de bouquins pour les expédier, en laisse tomber un qui s'ouvre justement à la page de la dédicace. Qu'elle lit par curiosité. Elle voit :
« À Georges Lecomte, vieillard grotesque que j'emmerde. Roger Vitrac. »
Affolée, elle en regarde un second et lit :
« À Georges Duhamel, gâteux en habit vert. Roger Vitrac. »
Toutes les autres dédicaces sont dans le même esprit.
Les livres ne sont pas partis.

(GEORGES NEVEUX)

Défense

9 août 1949. Au milieu des ruines de Hambourg, le tribunal militaire britannique va juger – pour crimes de guerre commis en Pologne – le général allemand Von Manstein. Il doit être défendu par quatre avocats, deux Allemands et deux Britanniques.
Von Manstein est ruiné. Deux lords anglais, Lord Bridgeman et Lord de L'Isle and Dudley, considérant que c'est l'honneur de l'Angleterre de payer à Von Manstein deux très grands avocats anglais, ouvrent dans ce but une souscription dans les journaux britanniques. Les participations affluent dès le lendemain à la Barclay's Bank.
Le premier chèque, 25 livres, est signé Winston Churchill.

Demande (en mariage)

Don, dessinateur et caricaturiste, a épousé en 1915 Berthe Bovy, jeune pensionnaire de la Comédie-Française. Le ménage s'est séparé assez vite sans toutefois divorcer. Après la guerre, Don qui publie ses dessins dans *Le Figaro* travaille dans son atelier. On sonne. Il va ouvrir. Son visiteur, en grande tenue de lieutenant d'infanterie, est Pierre Fresnay dont il sait qu'il est depuis quelques mois l'amant de Berthe Bovy.
Fresnay se met au garde à vous, salue Don.
« J'ai l'honneur, lui dit-il, de vous demander la main de votre femme. »

(DON)

Députés

Louis XVIII lit à Talleyrand la Charte constitutionnelle qu'il se propose de donner à la France.
« Sire, dit Talleyrand, je remarque une lacune.
— Laquelle ?
— Le traitement des membres de la Chambre des Députés.
— Mais j'entends que leurs fonctions soient gratuites, répond le Roi. Elles n'en seront que plus honorables !
— Oui, Sire, oui !... gratuites... cela sera bien cher ! »

Déserteur

Le préfet d'Avignon informe Napoléon qu'un certain nombre de soldats de la garnison de sa ville ont déserté et se sont dispersés dans la nature, mais qu'il

a mis toute une troupe de gendarmes à leurs trousses et qu'il compte les récupérer sous peu.
Napoléon, qui a un besoin urgent d'hommes, répond : « Laissez courir les déserteurs. De toute façon, au combat, ils feraient de très mauvais soldats. Et envoyez-moi les gendarmes. »

Désaveu

Lui, c'est Jean et il est maçon. Sa femme Georgette est couturière. Ils n'ont pas cinquante ans à eux d'eux. On est en 1875 et ils habitent le quartier des Gobelins tout près d'une caserne de tirailleurs sénégalais. Un sergent noir de cette caserne est leur ami.
Un jour Georgette a un bébé. Il est noir.
Aux termes de la loi, « l'enfant de la femme mariée est l'enfant de son mari ».
Pour Jean dont on imagine la fureur et le désarroi, pas question qu'il reconnaisse cet enfant comme son fils. Sur les conseils d'un avocat, il engage une action en désaveu de paternité. Qu'il perd.
Il est, en effet, pratiquement impossible alors de gagner ce genre de procès. Pour accorder le désaveu de paternité, le juge exige la preuve formelle que les époux ont été dans l'impossibilité de se rencontrer physiquement dans l'année qui précède la naissance (ce qui n'arrive en fait que lorsque l'un des deux a été incarcéré). Et en aucun cas, une dissemblance physique quelconque ne peut entraîner désaveu.
Jean débouté, son avocat désolé de l'avoir entraîné dans un procès perdu, lui conseille d'engager une action en divorce qu'il se fait fort de gagner. Qu'il gagne. Mais dans le divorce, c'est à l'époux gagnant

qu'on attribue la garde des enfants. Résultat : Jean hérite du petit Noir.

(DOYEN MORIN)

Dessert

Henri Béraud offre un dîner à des amis peintres. Ceux-ci sont arrivés tard. On a beaucoup parlé. Le groupe est encore à table passé minuit alors que tous les autres dîneurs sont partis. Béraud demande au serveur ce qu'il peut leur donner comme dessert.
« Il ne reste plus de tarte, lui répond-on, plus de crème, plus de glace, plus de fruit. »
Alors Béraud :
« Est-ce qu'il vous reste encore des additions ? »

Dessous de table

André Malraux est reçu en U.R.S.S. dans les années 30 et Mikoyan donne dans sa datcha un grand déjeuner en son honneur. Staline est là et avec lui, tout le Politburo, Molotov, Beria, etc.
Au dessert, Mikoyan demande à Malraux :
« Et à Paris ? Quoi de neuf ? »
Malraux leur dit qu'il a vu, juste avant de partir, le premier film de deux comiques américains Laurel et Hardy : *Fra Diavolo*, qui remporte un grand succès. « Ils ont imaginé un gag irrésistible », explique-t-il, et il en fait aussitôt la démonstration : « D'abord on place les pommes des deux mains face à face comme pour la prière. Après quoi, on fait passer chaque majeur à travers les doigts de l'autre main. On fait alors pivoter les deux mains autour des majeurs, de

manière à les amener, toujours paume contre paume, tête-bêche. Et là on agite les majeurs comme les antennes d'un animal étrange. »
Le gag de Laurel, refait par Malraux, fait beaucoup rire les invités de Mikoyan.
Un instant plus tard, sa serviette étant tombée par terre, Malraux se baisse pour la ramasser. Et que voit-il ?
Staline, Mikoyan, Beria, Molotov, leurs mains sous la table, essayaient de refaire le gag de Laurel.

(ANDRÉ MALRAUX)

Destination

Baudelaire, forcé de dîner chez d'affreux bourgeois entourés de leurs trois filles, prend son ton le plus aimable pour demander au maître de maison :
« Et laquelle de ces trois demoiselles destinez-vous à la prostitution ? »

Détails

Le milliardaire Edwards est une des personnalités qui font grand bruit dans le Paris des Années folles. Il a fondé le quotidien *Le Matin*. Il a épousé l'égérie de *La Revue Blanche*, Misia Sert. Il en a divorcé pour se remarier avec une comédienne très populaire, Ginette Lanthelme, partie avec lui pour une croisière sur le Rhin et qui s'est noyée dans des circonstances restées mystérieuses. Il vient de se remarier une troisième fois. Il parle de sa troisième épouse à Forain :

« Elle est extraordinaire, dit-il, elle joue la comédie, elle monte à cheval, elle danse à ravir, elle chante délicieusement, elle joue du piano à merveille.
— Fichtre, dit Forain, mais je crains qu'elle n'ait oublié l'essentiel. Est-ce qu'elle sait nager ? »

Dette

Samuel, le directeur des Variétés, doit deux cents francs à Hortense Schneider qui les lui réclame.
« Soyez tranquille, lui répond Samuel, sous peu de jours vous serez payée d'une manière ou d'une autre.
— Tâchez, mon cher directeur, qu'une de ces manières ressemble à mes deux cents francs. »

Diagnostic

Roger-Ferdinand est directeur du Conservatoire. L'assistante sociale entre dans son bureau et lui dit : « Je dois vous informer, monsieur le Directeur, que l'élève Une telle est gravement enceinte.
— Qu'entendez-vous par "gravement" ? »
L'assistante sociale, pour toute réponse, lève quatre doigts.

(ROGER-FERDINAND)

Diamants

Lucien Daudet, fils d'Alphonse, ami de Proust, était de santé délicate et une vieille gouvernante s'occupait de lui avec un dévouement exemplaire. Un jour, son état empirant, sa femme dont il était séparé et sa belle-sœur décident de se charger de lui et renvoient la gouvernante.

À sa mort – quelques mois plus tard – les deux femmes vendent les meubles, les bibelots, font venir un fripier qui emporte les hardes. Elles demandent à la vieille gouvernante de venir les voir. Elles ont des questions à lui poser. La domestique découvre l'appartement vidé et demande :
« Madame a vendu les vêtements ?
— Oui.
— La robe de chambre de Mme Alphonse Daudet aussi ?
— Aussi. Pourquoi ?
— Ses diamants étaient cousus dans la doublure. »

(JEAN HUGO)

Dictée

À la dictée, composée par Prosper Mérimée pour distraire à Compiègne Napoléon III et sa cour, l'Empereur fit soixante-quinze fautes d'orthographe, l'Impératrice soixante-deux. Alexandre Dumas, vingt-quatre, Metternich, ambassadeur d'Autriche à Paris, trois.

Dîner (en ville)

Henri Becque au cours d'un dîner profère quelques vacheries sur un de ses confrères. La maîtresse de maison proteste : celui dont il est question est un de ses amis et elle demande à Becque de cesser ses calomnies.
« N'en parlons plus, répond Becque. J'irai en dire du mal ailleurs. »

Sa réputation de brillant causeur valait à Léon-Paul Fargue de nombreuses invitations.
Chez une baronne du Faubourg Saint-Germain, on lui demande son opinion sur Henry Bordeaux.
« C'est un con ! » répond Fargue.
Le mot était beaucoup moins utilisé qu'aujourd'hui. La réponse de Fargue provoque un certain froid. Un silence qui n'en finit plus s'abat sur le dîner. Fargue le rompt :
« Je ne sais pas, dit-il, si je me fais très bien comprendre ! »

On parle de Maurice Rostand dont l'homosexualité voyante est la fable de Paris.
« À propos, dit quelqu'un, son frère Jean vient d'avoir un fils. »
Alors Fargue :
« Ce Maurice nous étonnera toujours. Le voilà oncle. »

(Kléber Haedens)

À la fin d'un dîner en ville, sur l'insistance de la maîtresse de maison, Maurice Ravel se met au piano et joue un de ses morceaux les plus connus, qu'il ne termine pas.
Les convives se désolent. Ravel explique :
« Je n'ai pas aimé le dessert ! »

Distrait

Necker, financier suisse et ancien ministre de Louis XVI, qui s'était retiré à Coppet en Suisse avec sa fille Mme de Staël, était la fable de la ville pour

sa distraction. Le jour où il revient d'enterrer sa femme, un ami, prenant un ton de circonstance, lui demande comment il va.
« Pas mal, répond-il, cette petite promenade de santé m'a remis ; il n'y a rien de tel que l'air de la campagne. »

Divan

Victor Hugo est surpris en flagrant délit d'adultère avec Léonie d'Aunet, la femme d'un peintre à la mode. Léonie est incarcérée. Hugo échappe à la prison en sa qualité de pair de France. Un an plus tard, il est élu à l'Assemblée nationale :
« En France, dit Lamartine, on se relève de tout, même d'un divan. »

Domestique

Régnard allait dîner quelquefois chez des amis dont le domestique lui avait, à l'occasion, demandé un billet de faveur pour aller voir une de ses pièces. Un jour, il lui en donne un. Quelques jours plus tard, revenu chez ces amis, il demande au domestique si sa soirée au théâtre lui a plu.
« Beaucoup », répond le domestique qui a trouvé le théâtre très beau, les décors, les dorures aussi. Il a trouvé que les gens autour de lui étaient habillés superbement.
« Mais comment avez-vous trouvé ce que disaient les acteurs ? lui demande Régnard.
— Oh, ma foi, ils parlaient de leurs affaires. Moi, vous savez, cela ne me regarde pas. »

Don Camillo

Fernandel tourne une séquence de *Don Camillo* dans un petit village italien. À l'heure du déjeuner, pour se rendre à la cantine de la production il garde la soutane de son personnage. Il rencontre une petite fille qui lui dit :
« Mon père, voulez-vous bénir ma poupée ?
— Mais, lui répond Fernandel, je ne peux pas bénir Je ne suis pas un vrai curé.
— Mais, lui dit la fillette, c'est pas non plus une vraie petite fille. »

(FERNANDEL)

Dortoir

Pour les prises de vues en extérieur de son film *Regain* sur les plateaux ventés au-dessus d'Aubagne, Pagnol a fait construire deux bâtiments dortoirs, l'un pour les hommes, l'autre pour les femmes.
Le lit où couche Fernandel est à côté de celui de Vincent Dovi, un ouvrier carrier engagé par la production pour, le cas échéant, faire sauter des rochers qui gêneraient le tournage.
Tous les soirs, après l'inévitable partie de belote, au moment où les deux hommes se couchent, Dovi, après avoir bien regardé si personne ne le voit faire, cache sous son matelas, un petit paquet.
Fernandel lui dit un jour :
« Dis-moi Dovi, chaque soir, tu caches tes sous là.

C'est pas prudent ! Un de ces jours, pendant que tu dormiras, tu vas te les faire piquer.
— Mais, c'est pas mes sous, répond Dovi, c'est la dynamite ! »

(JO MARTINETTI)

Doyen

Quand Pétain, dans les années 1941-1942, va en visite officielle dans les grandes métropoles de la zone sud, le protocole place toujours au premier rang du comité d'accueil celui qu'on appelle « le vieillard de service », le doyen de l'Ordre des avocats, celui de l'Ordre des médecins.
À chaque fois, Pétain descend de sa voiture, va vers ce vieux monsieur, lui serre la main et lui demande :
« Quel âge avez-vous, mon brave ?
— Quatre-vingt-deux ans, monsieur le Maréchal. »
À quoi Pétain, qui en a quatre-vingt-six, répond :
« Quatre-vingt-deux ans, vous êtes un enfant ! »
Ce numéro, très au point, Pétain le reprend partout :
Un jour, à Grenoble, le doyen de l'Ordre des avocats, à qui il demande son âge, lui répond :
« Quatre-vingt-neuf ans, monsieur le Maréchal. »
Pétain ne trouve rien à lui répondre, se retourne fâché vers les organisateurs du voyage :
« Vous pourriez tout de même faire attention. »

(GEORGES RAVON)

Dreyfus

En 1942, Pierre Mendès France qui a rejoint le général de Gaulle à Londres est envoyé aux États-Unis en mission de propagande.

Là, il apprend l'adresse à New York d'un fils du capitaine Dreyfus, le héros de « l'Affaire » qui dans la France de 1890 et 1900 a déchaîné les passions. Il va le voir et lui propose d'entrer dans le Comité américain de soutien à la France libre.
« Cette prise de position, explique Mendès France à Dreyfus junior, aurait une valeur de symbole exceptionnelle. »
L'autre hésite, ergote, explique les raisons de ses atermoiements. Il est américain depuis peu. Il doit penser avant tout à l'avenir de ses enfants. Il finit par refuser en déclarant :
« D'ailleurs, dans ma famille, on n'a jamais fait de politique. »

(JACQUES RIGAUD)

Duel

Beaumarchais, qui s'était laissé maltraiter par le duc de Chaulnes sans se battre avec lui, est provoqué en duel par M. de La Blache. Il lui répond :
« J'ai refusé mieux. »

(CHAMFORT)

E

Éducation

C'est le vingtième anniversaire d'Antoine Blondin. Sa mère, critique littéraire connue, lui demande : « Que préfères-tu comme cadeau ? Que je t'apprenne à conduire ? Ou que je t'apprenne à boire ? »

Égérie

Anatole France rencontre, à la bibliothèque du Sénat, Mme Arman de Caillavet, fille d'un banquier très riche et mariée au fils d'un armateur. Dotée d'une ambition et d'une volonté hors du commun, Mme de Caillavet s'est mise en tête d'avoir son salon et de détrôner celui de Mme d'Aubernon, le plus brillant de l'époque. Bientôt on rencontre chez elle Alphonse Daudet, Alexandre Dumas fils, Pierre Loti, Victorien Sardou, le jeune Georges Feydeau, etc.
En devenant la maîtresse d'Anatole France, elle marque un point décisif. Elle décide alors d'être aussi son égérie. Elle l'installe chez elle, l'oblige à travailler, surveille la sortie de ses ouvrages, organise sa gloire. Anatole France se laisse faire.

Son mari Arman de Caillavet accepte sans problème cette situation et le Tout-Paris le surnomme : « le suppléant du Collage de France… »
Un jour Anatole France tombe amoureux d'une comédienne. Mme de Caillavet, furieuse, le chasse de chez elle, se débarrasse de tout ce qu'il lui a offert en le donnant à sa femme de chambre, qu'Anatole France épouse, inspirant cette fable express :
Anatole, idylle un peu rance
Épouse celle qui servait
Chez Madame de Caillavet
Moralité
La bonne sous France

Emmerdeuse

Juliette Achard, la femme de Marcel Achard, a dans Paris une épouvantable réputation d'emmerdeuse. Son mari, pour la défendre, assure :
« Elle m'a toujours emmerdé, jamais ennuyé ! »
L'auteur américain Irwing Shaw reçoit la lettre que Juliette a adressée à tous les amis pour la souscription ouverte en vue d'offrir à Marcel son épée d'académicien. Le montant de la participation est fixé à dix mille francs. Irwing Shaw envoie vingt mille francs, précisant :
« J'ai doublé la somme. Ne vous en étonnez pas. J'ai en effet une requête à faire. Je souhaite que le premier soin de M. Marcel Achard, avec son épée, soit de tuer Juliette. »

Empreinte

Curzio Malaparte est en 1933 rédacteur en chef du grand quotidien de Milan, *La Stampa*, quand à New Jersey, le colosse italien Primo Carnera devient champion du monde de boxe, catégorie Poids lourds. *La Stampa* paraît avec, sur tout l'espace de sa dernière page, l'empreinte grandeur nature du pied de Carnera qui mesure, du talon au gros orteil, quarante-huit centimètres. Devant les kiosques, tous les Italiens achetant *La Stampa* posent leur exemplaire par terre et comparent leur pied à celui du nouveau *campionissimo*.

Enceinte

Mme du Châtelet, qui depuis des années vit séparée de son mari, se retrouve enceinte. Ses deux amis intimes, Voltaire et d'Alembert, se donnent beaucoup de peine pour persuader son mari, le bon M. du Châtelet, d'accepter que sa femme vienne coucher, pour une nuit dans le lit conjugal qu'elle a déserté. La chose se fait. Paris en parle.

« Quelle fantaisie a donc pris Mme du Châtelet, se demande-t-on, d'aller coucher avec son mari ?

— Vous verrez, dit Voltaire, que c'est une envie de femme grosse. »

Enfance

Voltaire, dans la chambre de Mme de Châtelet, jouait avec un enfant qu'il tenait sur ses genoux et à qui il dit :

« Mon ami, pour réussir avec les hommes, il faut avoir les femmes pour soi ; pour avoir les femmes pour soi, il faut les connaître. Vous saurez donc que toutes les femmes sont fausses et catins.
— Comment, toutes les femmes ? Que dites-vous là, monsieur ? dit Mme du Châtelet en colère.
— Madame, dit Voltaire, il ne faut pas tromper l'enfance. »

(CHAMFORT)

Ennui

La Fontaine qui s'ennuie beaucoup à un repas organisé pour lui par un très riche fermier général, se retire avant le dessert, prétextant qu'il doit se rendre à l'Académie française.
« Vous avez tout le temps, lui dit le maître de maison. Vous serez très en avance pour la séance.
— Oh, cela ne fait rien, répond La Fontaine, je prendrai par le plus long. »

Entracte

L'Illustration, le grand hebdomadaire de luxe du début du siècle, fait bénéficier ses abonnés d'un supplément, *La Petite Illustration*, qui publie les nouvelles pièces de théâtre jouées à Paris.
La Dame de chez Maxim's, le chef-d'œuvre de Feydeau, paraît sur deux livraisons :
Le premier acte, dans *La Petite Illustration* datée du 1er août 1914, le deuxième et le troisième acte dans le numéro du 17 mai 1919. C'est l'entracte le plus long de l'histoire du théâtre.

Entrée

Le Théâtre de Paris va monter *Fanny*, la comédie de Pagnol qui est la suite de *Marius* (novembre 1931). Dans cette nouvelle pièce, le rôle de Marius, créé par Pierre Fresnay dans *Marius*, a été considérablement réduit. Le personnage n'apparaît plus que dans une scène à la fin de la pièce, et on ne peut plus proposer le rôle à Pierre Fresnay : il est trop court. On engage pour le jouer Berval, comédien provençal connu.
Berval, qui a de gros moyens, mène alors grande vie. Comme il n'entre en scène qu'à onze heures, il dîne tous les soirs chez Maxim's. Il y rencontre un jour un industriel marseillais qu'il connaît bien et qui lui dit :
« Il ne doit pas être très important, votre rôle, puisque vous pouvez rester chez Maxim's jusqu'à dix heures passées.
— Il n'est pas très important, répond Berval, superbe. Mais toute la troupe parle de moi depuis huit heures et demie. »
C'est ce qui s'appelle, au théâtre, avoir son entrée.

Épitaphe

Serge Saunier, ex-joueur et dirigeant de rugby, découvre sur une tombe, dans un cimetière du Pays de Galles cette épitaphe : *Ici repose John Jones qui fut arbitre de rugby et honnête homme.*
Il fait part de sa découverte à un ami rugbyman irlandais qui lui dit :
« Faut-il qu'ils soient ingénieux, ces Gallois, pour mettre deux types dans le même cercueil ! »

(GEORGES PASTRE)

Erratum

Scarron avait écrit une ode qu'il avait dédiée *À Guillemette, la chienne de ma sœur.*
Entre le moment où il donne son texte à l'imprimeur et celui où l'ouvrage sort, il se fâche avec sa sœur. Il fait alors ajouter un erratum :
« Au lieu de "la chienne de ma sœur" lire "ma chienne de sœur". »

Erreur

Dans un bar de Saint-Tropez, un ami demande à Pierre Brasseur des nouvelles de sa femme, Lili Magrini, qui l'a quitté quelques mois plus tôt et a ouvert un restaurant tout près, à Cogolin. Brasseur est déjà très saoul. L'idée qu'il a été cocu le met en colère – une colère qui monte, qui monte. Pour finir – il est neuf heures du soir – avec un compagnon aussi saoul que lui, ils décident d'aller « donner une leçon » à Lili Magrini.
Ils se rendent à Cogolin au restaurant de Lili en plein service du dîner et posent culottes au beau milieu de la salle à manger, devant tous les clients qui se demandent ce qui arrive. Après quoi, assez fiers de leur exploit, les deux hommes remontent leur pantalon et s'en vont.
Devant la porte, Brasseur s'aperçoit qu'il s'est trompé de restaurant.

(MARCEL DALIO)

Évadé

En 1943, à Alger, au moment où les relations entre de Gaulle et Giraud sont au plus mal, un dîner officiel les réunit, entourés des officiers de leurs états-majors.
Une fois de plus Giraud, au cours du repas, se lance dans le récit de son évasion d'Allemagne.
De Gaulle, qui entend l'histoire pour la vingtième fois, se penche vers Giraud et lui souffle :
« Et si, une fois, vous nous racontiez comment vous avez été fait prisonnier ? »

Examen

Marcel Pagnol est professeur-assistant au petit lycée de Marseille. Un mini-scandale a éclaté à Ajaccio à l'occasion des épreuves du bac. Des surveillants, tous natifs de l'île, ont aidé les candidats à rédiger leurs copies. Le recteur d'Aix-en-Provence, pour que cela ne se reproduise pas, a décidé d'envoyer à Ajaccio à la session suivante des surveillants venus du continent. Pagnol est du nombre.
Les candidats composent en mathématiques. C'est une matinée de fin septembre superbe. Il fait très chaud dans la salle d'examen. On a autorisé les élèves à retirer leurs vestes et on a ouvert toutes grandes les fenêtres.
Au bout d'une heure, on entend, dans la rue, une belle mélodie corse : un chanteur qui s'accompagne à la guitare s'est installé au bas de l'immeuble pour faire la manche.

Pour que les candidats composent dans le calme, le premier réflexe des surveillants est de fermer les fenêtres, ce qui soulève la protestation générale. Il fait vraiment très chaud. On rouvre les fenêtres.

Dans la rue, le ténorino continue. Comme il chante des *pinsutti*, aucun des surveillants ne comprend rien aux paroles des chansons. Ils sauront le lendemain par une indiscrétion que c'était, tout simplement, traduite en langage corse la solution des problèmes posés. Un candidat en a recopié les énoncés sur une feuille de papier, en a fait une boulette, l'a jetée par la fenêtre. Un élève de Math Sup était là pour la recevoir. Il a résolu les problèmes. Il a traduit en corse le texte des solutions et le chanteur folklo d'une boîte de la ville est venu les chanter sous les fenêtres de l'immeuble.

(MARCEL PAGNOL)

Excuses

Un député adversaire de Clemenceau, et qui ne passe pas pour une lumière, arrive en retard au Palais-Bourbon où il doit intervenir à la tribune.

« Je vous présente mes excuses, dit-il en prenant la parole, j'ai dû passer chez le garde des Sceaux.

— Et il a voulu vous garder ! » s'écrie Clemenceau.

Edward Heath, chef du parti conservateur en Grande-Bretagne et Premier ministre, est violemment pris à partie (et quasiment injurié) dans un grand quotidien de Londres. Quelques jours après, il

se retrouve dans les toilettes de son club avec le directeur du journal, extrêmement gêné, qui lui fait des excuses.
« Je les accepte, répond-il, mais la prochaine fois, je préférerais que vous m'insultiez dans les lavabos et vous vous excusiez dans votre journal. »

Exil

Le Roi Louis-Philippe, en exil à Londres, vit dans la misère. Les vingt-deux membres de son entourage ont tout juste de quoi se nourrir, boivent de l'eau. La Reine Victoria ne lui accorde aucune aide. L'aristocratie anglaise a mieux agi. Louis-Philippe a reçu dix lettres des principaux pairs du royaume lui ouvrant leurs bourses et le priant d'y puiser.
Il a répondu :
« Je garde les lettres. »

Express

Charles Trenet, enfant, vit à Narbonne chez son grand-père, artisan tonnelier, dont la maison est située sur le boulevard en bordure de la voie ferrée à l'endroit précis de la jonction de la ligne Marseille-Bordeaux et de celle de l'Espagne.
Le passage des grands express règle l'horaire de la famille. À la mi-journée pour appeler la maisonnée au déjeuner, la grand-mère crie :
« Barcelone est passé. À table ! »

(GASTON BONHEUR)

Extra

Victorien Sardou voulant assister à la décapitation de Troppmann, un condamné à mort dont le procès avait fait grand bruit, obtient des autorités d'être placé tout près de la guillotine.

Quand le bourreau arrive, Sardou aperçoit avec lui un de ses aides qu'il croit connaître et qui lui dit en passant :

« Vous ne me reconnaissez pas, monsieur Sardou ?

— Ma foi ?

— Je suis un de vos machinistes. J'ai encore joué hier soir au Vaudeville.

— Et ce matin ? »

L'homme sourit :

« Eh bien, voilà. De temps en temps, je fais des extras. »

F

Fable express

Aux environs de 1780, Bernard Piron, neveu de l'écrivain célèbre, gravit l'escalier de l'Orangerie à Versailles. La femme qui monte les marches devant lui a un si beau derrière que le jeune homme ne résiste pas à l'envie de lui pincer la fesse.
La dame ainsi honorée se retourne. C'est Marie-Antoinette, la Reine.
« Monsieur, dit celle-ci, encore toute tremblante, je pourrais vous faire condamner aux galères pour ce crime de lèse-majesté. Cependant, comme vous avez la réputation d'un homme d'esprit, je ne dirai mot de cette affaire si vous justifiez cette renommée en improvisant, tout de suite, un madrigal réparateur. »
Piron compose aussitôt ce distique qui le sauve.
Si la Reine a le cœur aussi dur que le cul
Piron est foutu.

(PIRON)

Fâché

Lorsque, sous l'occupation, Jean Marais monte *Andromaque* à Édouard-VII, on rapporte à Jean Cocteau que Marie Bell dit des « choses horribles »

sur le spectacle. Cocteau et Marais furieux décident de ne plus jamais lui adresser la parole.
Quelques jours plus tard, Marais va rejoindre Cocteau dans un petit restaurant de la rue Montpensier. Marie Bell y déjeune à la table en face de la porte. À l'entrée de Marais, elle se lève, lui tend les bras, l'embrasse. Marais se laisse faire. Cocteau assiste à la scène de sa table du fond de la salle et quand Marais le rejoint, il se fait accueillir vertement.
« Mais enfin, Jeannot, tu sais très bien qu'on est fâchés.
— Moi oui, je le sais, mais elle n'a pas l'air de le savoir. »

(JEAN MARAIS)

Fâcheux

Dans le hall de l'Hôtel de Paris à Monte-Carlo, Aristote Onassis attend des amis avec qui il doit déjeuner. Se présente à lui un personnage d'aspect assez médiocre qui le salue et lui dit :
« Monsieur Onassis, je voudrais vous demander un petit service.
— Dites toujours.
— Voilà : je dois déjeuner là avec des commanditaires éventuels. On m'a retenu une table – juste à droite de la porte et je tournerai le dos à la salle. Si en entrant, vous pouviez me taper sur l'épaule en me disant "Ça va, Paul ?" cela impressionnerait beaucoup mes invités et cela faciliterait mes pourparlers. Je ne vous demande rien de plus "Ça va Paul ?" et c'est tout. »
Le personnage amuse Onassis qui est d'accord.

Quand il entre dans la salle à manger, passant à côté de l'inconnu, Onassis lui tape sur l'épaule en lui disant :
« Ça va Paul ? »
Alors, l'autre se lève et se retourne, furieux.
« Aristote ! Je t'ai déjà dit cent fois que quand je suis avec des clients, il ne fallait pas me déranger ! »

Faim

Sophie Arnould, célèbre cantatrice française qui reçoit dans son salon toutes les célébrités de son époque, apprend d'un ami qu'un capucin a été dévoré par un loup.
« Pauvre bête, dit-elle, il faut que la faim soit une chose bien terrible. »

Fakir

Le fakir Birman, voyant extralucide, oriental et barbu, est dans les années trente un personnage en vue de la vie parisienne. Il assiste, dans une gandoura blanche qui fait ressortir son teint très foncé, aux premières de cinéma, de music-hall. En vérité, c'est un pauvre Turc dont un impresario douteux a fait son homme de paille.
De grands placards dans les journaux annoncent : « Le fakir Birman vous donne gratuitement sur simple demande les numéros gagnants du prochain tirage de la Loterie nationale. »
Beaucoup de gogos sont assez crédules pour lui écrire. Dans sa réponse, le fakir donne une liste de numéros – à laquelle il joint quelques prévisions sur l'avenir de son correspondant. À certains d'entre

eux, il n'hésite pas à dire que cet avenir est plutôt sombre, que leur santé est menacée, qu'ils n'ont plus que quelques mois à vivre. Après quoi, l'impresario donne l'adresse de ces derniers à ses démarcheurs d'assurance sur la vie.
La police découvre l'escroquerie. Le pauvre Turc fait quelques jours de prison. L'impresario inventeur du système a disparu.

Famille

Dans un de ses rares moments de faiblesse, Churchill a accepté – et il le regrette – d'aller dîner chez sa fille Sarah qui reçoit des amis très ennuyeux. Tout au long du repas, il n'a pas dit un mot. Pour le faire parler, Christopher Soames, le mari de Sarah, lui demande :
« Cher beau-père, de toutes les personnalités que vous avez rencontrées au cours du conflit mondial, quelle est celle qui vous a le plus impressionné ? »
Churchill, au bout d'une minute de silence, maugrée :
« Mussolini !
— Comme c'est curieux ! poursuit Soames. Et pourquoi vous a-t-il tellement impressionné ?
— Il a fait fusiller son gendre ! »

Fan

Vincent Scotto arrête un taxi pour rentrer chez lui Hélas, le chauffeur vient tout juste de mettre la gaine sur son compteur. Lui aussi veut rentrer chez lui. Scotto lui promet un très bon pourboire. Le chauffeur refuse encore :

« Je veux être chez moi à huit heures et demie, explique-t-il à Scotto, parce que j'ai promis à ma femme d'écouter avec elle, à la radio, une émission complète sur les chansons de Scotto. Voilà. J'adore la musique de Scotto.
— Vous aimez Scotto et vous renoncez pour ça à une bonne course. Eh bien, bravo, mon ami ! lui dit Scotto, flatté, qui lui donne un billet de cinq cents francs.
« C'est pour votre bon goût, lui dit-il. Allez entendre Scotto et moi je vais aller chercher un autre taxi.
— Vous alors, répond le chauffeur. Vous êtes un drôle de client ! Je refuse de vous charger et vous me donnez cinq cents francs ? Allez, montez. Je vous ramène chez vous. Et merde pour Scotto ! »

(CARLO RIM)

Farceur

Celmas, bonimenteur de cabaret, était dans le monde du music-hall, à Paris, le champion des farceurs.
Dans les jours qui suivent la Libération, il se retrouve, avec Robert Dhéry, dans le métro. Ils arrivent à la station Opéra où Celmas descend. Dhéry va plus loin. Au moment où les portes vont se refermer, Celmas, du quai, dit à Dhéry, tout haut pour que tout le wagon l'entende :
« Puisque tu vas voir les copains de la Milice, embrasse-les pour moi. »

(ROBERT DHÉRY)

Fausse perme

Le 30 avril 1917 quand arrive à son P.C., sur le front, le télégramme officiel l'informant qu'il est nommé commandant en chef des Armées et le convoquant à Paris, le général Pétain est en fausse permission. Il a filé rejoindre à Paris une ravissante créature dont il est très amoureux.
Son chef d'état-major, le colonel Serrigny, part aussitôt à sa recherche dans la capitale. Il fait le tour des couloirs de tous les hôtels autour de la gare de l'Est. Devant la porte d'une chambre, il découvre, placées là pour le cireur, une paire de souliers de femme très élégants et des bottes qu'il connaît bien : celles de Pétain. Il est deux heures du matin. Il frappe à la porte de la chambre, appelle, s'annonce. On entend à l'intérieur les grincements des ressorts d'un lit. On grommelle :
« Ouais ! Voilà ! »
La porte s'ouvre. Serrigny se met au garde à vous.
C'est en bannière et pieds nus que Pétain apprend qu'il est nommé au grade le plus élevé de l'Armée française.
Un an plus tard, il sera le vainqueur de Verdun.

(SERRIGNY)

Fenêtre

Mme de Brionne avait rompu avec le cardinal de Rohan à propos du duc de Choiseul que le cardinal voulait faire renvoyer. Il y eut entre eux une scène très violente que Mme de Brionne termina

en menaçant le cardinal de le faire jeter par la fenêtre.
« Je puis très bien descendre, dit celui-ci, par où je suis si souvent monté. »

(CHAMFORT)

Feu rouge

Paul Ramadier, devenu président du Conseil des ministres, continue à circuler à bord de sa voiture personnelle immatriculée dans l'Aveyron (12) qu'il conduit lui-même. Il se rend à l'Élysée. Son directeur de cabinet et Philippe Lamour sont avec lui. Au pont de la Concorde, il brûle un feu rouge. Coup de sifflet impérieux. Un agent s'approche de la voiture qui a stoppé. Ramadier a baissé sa glace. L'agent se penche vers lui :
« Alors, pépère, dit-il, on est venu faire un tour à Paris ?
— Veuillez m'excuser, monsieur l'Agent, je n'avais pas vu les feux. Ce genre de voiture a le plafond un peu bas.
— T'es sûr que c'est pas toi, pépère, qui as le plafond un peu bas ? T'as encore de la chance d'être tombé sur un pays.
— Vous êtes de l'Aveyron ?
— Oui, de Bouzoul.
— Alors vous connaissez peut-être Mme Puech, Honorine ?
— C'est la voisine de ma tante.
— Élise ? Vous voulez dire la fille d'Honorine ?
— Non. Élise, c'est la fille de Philomène. Quand tu rentreras là-bas, tu lui feras le bonjour de Justin, Justin qui est flic à Paris. »

Les automobilistes bloqués par cette conversation commencent alors un véritable concert de klaxons. L'agent se redresse et dit à Ramadier :
« Puisqu'on est du pays, ça va pour cette fois. Allez, fous le camp. Espèce de marchand de marrons. »
Le ministre remet la voiture en marche
« Vous voyez, les enfants, dit-il à ses compagnons. Quand on est poli avec les agents on s'en tire toujours. »

(PHILIPPE LAMOUR)

Fiacre

Tristan Bernard prend un fiacre.
À peine s'est-il assis dans la voiture que le cheval se cabre, rue, fait des sauts, tombe à genoux et pour finir s'allonge à plat ventre.
Tristan descend de la voiture et très calme, comme s'il était au cirque, demande au cocher :
« C'est tout ce qu'il sait faire ? »

Fidèle

Charles-Joseph, prince de Ligne, l'un des hommes les plus spirituels de son siècle, ami de Voltaire, de Goethe, de Mme de Staël, rentre chez lui à Bruxelles après une longue absence. Sa femme lui demande :
« M'avez-vous été fidèle, au moins ?
— Souvent, madame. »

Figurants

Darryl Zanuck tourne sur les côtes normandes le film *Le Jour le plus long* d'après l'ouvrage de Cornelius Ryan sur le débarquement allié du 6 juin 45.
On embauche, le premier jour, mille figurants. Aux cinq cents premiers on donne des uniformes allemands. Aux cinq cents autres des tenues de soldats alliés. Arrive l'heure du repas. À la cantine, les « Allemands » se mettent ensemble d'un côté, les « Alliés » de l'autre. Le cinquième jour, bagarre générale : les deux groupes se sont battus l'un contre l'autre.

(MICHOU SIMON)

Flash

Walter Carone, photographe vedette de *Paris-Match*, a rendez-vous avec Édith Piaf dans sa loge de l'A.B.C. à l'entracte de son spectacle. Il veut faire une photographie de la chanteuse en train de se maquiller. C'est l'époque du grand amour Piaf-Cerdan.
Quand Walter Carone, accompagné d'un journaliste[1], frappe à la porte de la loge, c'est Cerdan qui lui ouvre. Et autour d'une table où l'on sable le champagne sont réunis tous les anciens amants de Piaf : Yves Montand, Jean-Louis Jaubert, Eddie Constantine, Henri Contet, Paul Meurisse.
« Quelle photo ! » pense Walter Carone.
Un flash éclate. Cerdan se précipite et dit à Walter :

1. C'était moi. R.C.

« Qu'est-ce que c'est ça ?
— C'est rien. C'est une ampoule qui a éclaté. Je ne sais pas pourquoi. »
Carone fait la photo prévue de Piaf à sa table de maquillage, puis va refermer son matériel, s'en va. Cerdan l'accompagne jusqu'à l'ascenseur.
« Si elle paraît, ta première photo – celle de la lampe qui a éclaté toute seule, je te casse la gueule. »
C'était Cerdan. La photo n'a jamais paru.

Flaubert

Sacha Guitry qui voue un véritable culte à Flaubert accepte d'aller dîner à Rouen chez une vague connaissance. Est invité à ce repas, en effet, un vieux docteur de la ville qui a connu intimement l'auteur de *Madame Bovary* et qui a beaucoup de souvenirs sur lui.
Hélas, le vieux docteur est à la limite du gâtisme.
Aux questions de Sacha, il répond par des onomatopées, des hochements de tête.
« Ce cher Flaubert, dit-il avec un rire stupide, il était drôle. Il mettait sa serviette autour de son cou... comme ceci... Puis il l'arrachait et la jetait par terre... comme cela... »
Écœuré par ces fadaises, Sacha prétexte un autre rendez-vous, se lève, va s'en aller quand le vieux docteur lui dit :
« C'est dommage que vous partiez, parce que Flaubert, j'ai aussi bien connu son frère, l'écrivain » [1].

1. Cette anecdote a inspiré à Sacha Guitry, une scène de sa comédie *La Pèlerine écossaise*.

Football

Léo Clerc, du Vésinet, international de football amateur, a devant lui une brillante carrière. Hélas, en juin 1940, il est fait prisonnier par les Allemands et passe cinq ans dans un stalag de Prusse orientale. Sa seule passion : le football. Il joue dans l'équipe du stalag. Il reçoit de sa famille les journaux sportifs. Quand le camp est libéré, il est malade. Il va rester quelques mois dans un hôpital soviétique. Il ne rentre à Paris qu'en mai 1946. Ce jour-là, le 29 mai, il achète un journal à la gare de l'Est et apprend que va se jouer l'après-midi même à Colombes un match France-Angleterre.
Il ne résiste pas à la tentation.
Avant de rentrer au Vésinet où l'attendent sa femme et ses enfants, il va d'abord voir le match (gagné par la France 2 à 1). Au bout de six ans, les siens l'attendront deux heures de plus.

(JEAN ESKENAZI)

Forain

Forain retrouve dans un dîner le banquier Rothschild. Comme il avait, au cours du repas, proféré quelques jugements spirituels, mais assez rosses sur quelques-uns de leurs contemporains, Rothschild lui dit :
« Vous êtes décidément très méchant. Comment se fait-il que, lorsqu'on parle de vous, on dit “ce bon Forain” ?
— On dit bien, répond Forain, “ce pauvre Rothschild”. »

(FLORENCE VALDÈS-FORAIN)

Fort

Avant d'écrire pour le théâtre, Georges Feydeau fut courriériste théâtral dans plusieurs quotidiens parisiens. Dans l'un d'eux, il découvre sur une morasse de son journal, à propos d'une pièce dont Tout-Paris sait que c'est un four noir, ce communiqué publicitaire payant :
« Hier soir, au théâtre du Gymnase, on a refusé trois cents personnes. »
Il ajoute une ligne : « Et on a eu bien tort. »
Il s'est fait virer.

Francophonie

Fernandel, arrivant au Québec pour la première fois, découvre avec étonnement, sur la façade d'un grand magasin, un calicot géant portant en lettres énormes cette inscription : *ÉCOULEMENT DE BLANC À LA VERGE.*
On lui explique qu'il s'agit d'annoncer la grande quinzaine de blanc, vendu à la « verge », une ancienne mesure de longueur française (0,91 m), toujours en usage au Québec.

(CLAUDE GAGNIÈRE)

Frasque

Lucien Guitry est très soucieux de ce que va devenir son fils aîné Jean qui fait les quatre cents coups, qui est souvent pris de boisson et que la police soupçonne d'être compromis dans un trafic de drogue.
« Que devient Jean ? » lui demande un ami.
Réponse de Lucien Guitry :
« Il prépare Centrale. »

(RENÉ DARY)

G

Gadget

Gaget est l'un des associés de la firme Gaget, Gautier et Compagnie qui a travaillé à la fabrication de la statue géante de Bartholdi, *La liberté éclairant le monde*, cadeau de la France aux États-Unis et érigée en 1886 à l'entrée du port de New York.
Il a alors l'idée de fabriquer des reproductions miniatures de l'œuvre et de les vendre dans les drugstores. Son nom, prononcé à l'américaine, devint « gadget ». Le mot est lancé !

Galerie

Le poète Franc-Nohain est rédacteur en chef de *L'Écho de Paris* et sa femme illustre, de gouaches charmantes, des albums pour enfants.
Un jour, le critique d'art de *L'Écho de Paris*, Félix Fénéon, propose à Franc Nohain de louer à deux pour quinze jours une galerie de tableaux du Faubourg Saint-Honoré. Qu'il peut avoir pour un prix dérisoire.
« Tu y exposeras les gouaches de ta femme, lui dit-il,

et moi les toiles d'un jeune peintre italien inconnu qui vient d'arriver à Paris et que je trouve très doué. »
Le marché est conclu.
Quinze jours plus tard, Mme Franc-Nohain a vendu toutes ses gouaches. Le jeune Italien, lui, n'a trouvé aucun acquéreur pour aucun de ses tableaux : c'était Modigliani.

(CLAUDE DAUPHIN)

Galons

Raimu était très jaloux de Charpin (Panisse). La raison de cette jalousie : Charpin au régiment était sergent et lui soldat de deuxième classe.
Au moment de monter, pour *La Femme du boulanger*, le décor de la chambre à coucher, le décorateur souhaite placer, dans un cadre sur la commode une photo du boulanger au régiment. Il demande à Raimu d'aller se faire faire une photo en uniforme. Raimu y va et se fait photographier avec, sur les manches, des galons de sergent chef.

(PAUL OLIVIER)

Gay

Dans ses dernières années, Emmanuel Berl reçoit ses visiteurs sans quitter son lit. Quand, dans la conversation on évoque la pédérastie, il dit :
« Oh, je connais. »
Et il pointe son index vers le sol. Souvent le visiteur se demande la raison de ce geste. Berl désigne simplement l'appartement du dessous : celui de Jean Cocteau.

(JEAN-FRANÇOIS REVEL)

Gazon

Le C.A.B. – Club de Rugby de Brive – reçoit pour un match amical une équipe écossaise en tournée sur le continent. Amédée Domenech, deuxième ligne de l'équipe de France et de celle de Brive, fait visiter au capitaine écossais le terrain où doit se disputer la rencontre. Pauvre terrain ! Le gazon y est rare, pelé. Il y a de grands espaces où il a complètement disparu. Le capitaine écossais s'en plaint :
« Faudrait savoir, lui dit Domenech. Vous êtes venus ici pour jouer ou pour brouter ? »

(Paul Katz)

Gendarme

Pierre Benoit, de l'Académie française, est arrêté, à Dax lors de la Libération en août 1944. Puis libéré. On s'est aperçu qu'on n'a rien de grave à lui reprocher. Quelques mois après, il reçoit cette lettre. D'un gendarme.
« Cher Monsieur,
« Je ne sais si ma signature vous rappelle mon nom. C'est moi qui vous ai occasionnellement arrêté à Dax. J'ose espérer que vous avez gardé un bon souvenir de ce regrettable incident puisqu'en vous conduisant en prison je vous ai permis de vous arrêter pour boire un verre d'eau dans un bistrot et d'écrire à un de vos amis, et que, pendant votre détention, je vous ai toujours traité sans brutalité et en égal de moi-même bien que j'aie été chargé de vous tenir en surveillance. La roue tourne, malheureusement. Et aujourd'hui, c'est à mon tour d'être victime de la calomnie générale. On m'a inculpé d'attentat à la pudeur, de détour-

nement de mineure et de viol. En reconnaissance de ma bienveillance envers vous, je vous serais reconnaissant de bien vouloir m'adresser le témoignage d'un certificat de bonne vie et mœurs, comme quoi sur cette question, vous n'avez jamais eu à vous plaindre de moi et que vous me considérez comme un honnête homme, incapable de nuire à ses concitoyens. On me dit que, venant de vous, le juge d'instruction sera favorablement impressionné », etc.

(HENRI JEANSON)

Généalogie

Le duc de Morny, ministre de l'Intérieur de Napoléon III et homme fort du régime, était le fils adultérin de la Reine Hortense et du général de Flahaut. Par sa mère, la Reine Hortense, épouse de Louis Bonaparte, il se trouvait le frère adultérin de Napoléon III. Son père, le général de Flahaut, était né, lui, des amours adultérins de Talleyrand (alors abbé de Périgord sacré évêque par la suite) avec la comtesse de Flahaut (elle-même fille naturelle de Louis XV). Ce qui lui faisait dire :
« Je suis fils de reine, frère d'empereur, petit-fils d'évêque, arrière-petit-fils de roi. Et tout cela est naturel. »

Générique

Charlie Chaplin qui vient de terminer son film *Monsieur Verdoux* invite à déjeuner Orson Welles, auteur du scénario, et lui dit :
« Cher Orson, je vous ai acheté le scénario de *Monsieur Verdoux* ! J'y ai apporté beaucoup de

modifications importantes. J'ai un service à vous demander : celui de ne pas faire mention de votre nom au générique. Je le veux très simple. »
Orson Welles avale sa salive et lui répond :
« Cher monsieur Chaplin, si vous n'aviez pas existé, le cinéma n'en serait pas où il en est et moi-même je ne serais pas là. On ne refuse rien à Chaplin. »
Le film sort. Au générique, un seul nom : celui de Chaplin : « Scénario de Charlie Chaplin » – « Dialogues de Charlie Chaplin » – « Mise en scène de Charlie Chaplin ».
Le lendemain, la critique assassine le film. L'éreintement est général.
Quelques jours plus tard, le film apparaît sur les écrans avec un nouveau générique qui indique : « D'après un scénario d'Orson Welles ».

(MAURICE BESSY)

Gifle

Au cours d'une scène de ménage, excédé par son amie Marthe Brandès, Lucien Guitry lui flanque une gifle magistrale.
Marthe Brandès appelle au secours :
« N'aie pas peur, lui dit Lucien Guitry. Je suis là ! »

Gigot

Accompagné de sa femme Françoise Gilot, Picasso arrive chez Braque à l'improviste aux environs de midi et demi.
« J'ai voulu voir tes dernières toiles, lui dit-il. Alors je suis venu.

— Et tu as bien fait », lui répond Braque, qui commence à lui montrer ses œuvres récentes.
Se répand alors dans l'atelier, contigu à l'appartement, une merveilleuse odeur de cuisine. C'est un gigot que Mme Braque fait rôtir dans son four pour le déjeuner. Mme Braque, les amis le savent, est un parfait cordon bleu.
À partir de cette minute Picasso n'a plus qu'une idée en tête : se faire inviter à déjeuner par Braque, sans le demander.
Braque, de son côté, ne pense qu'à une chose : résister à l'envie qu'il sent, chez Picasso, de se faire inviter à partager le gigot.
Bras de fer psychologique qui n'en finit plus. Chacun des deux tient bon. Picasso se fait montrer de plus en plus de toiles, les regarde de plus en plus longuement, fait à leur propos des compliments qui n'en finissent plus.
Braque le laisse dire, sans jamais parler de passer à table.
L'odeur de gigot est de plus en plus tentante.
À quatre heures et demie seulement, Picasso accepte la défaite, décide qu'il est temps de partir et s'en va. Le gigot est brûlé jusqu'à l'os et bon pour la poubelle. Braque est ravi. Il n'a pas cédé à Picasso.

Graffiti

À la Comédie-Française, c'est la guerre des Anciens et des Modernes.
Robert de Flers passe devant le tableau de service de la Comédie-Française où est annoncée pour la représentation du lendemain *La Belle*

Aventure, une comédie dont il est l'auteur avec Caillavet.
Une main anonyme (on pense que c'est Paul Mounet) y a ajouté un graffiti : « J'aime mieux *Phèdre*. »
Flers ajoute : « Moi aussi » et il signe : Robert de Flers.

Voltaire passant devant la porte de Piron qu'il déteste, y écrit : « Jean Foutre. »
Piron, qui de sa fenêtre l'a vu faire, va le voir le lendemain.
« Je viens, lui dit-il, vous rendre votre visite. J'ai vu que vous étiez venu me voir et, que ne me trouvant pas, vous aviez laissé votre nom sur ma porte. »

Grand patron

Conférence (en 1942) dans le bureau somptueux de Louis B. Mayer, grand patron de la Metro Goldwyn Mayer à Hollywood. Tout l'état-major de la firme est là, et avec lui tous les producteurs, tous les assistants producteurs, tous les responsables. Il s'agit de trouver un partenaire pour Hedy Lamar qui doit tourner un film exotique. À qui confier le rôle ? En deux heures, cinquante noms ont été proposés : tous refusés par le patron. Plus personne n'ose parler.
Ben Hecht risque :
« Il y a bien ce jeune type de New York avec un air bizarre. Orson Welles » (*Citizen Kane* vient tout juste de sortir).
Mayer bondit :

« Welles. C'est ça. C'est lui qu'il nous faut ! Tout de suite ! Allez-me-le chercher. Qui est son agent ?
— Il n'en a pas.
— Quoi ?
— Non. Il travaille à la radio. À New York. Il dirige un théâtre.
— Je vous dis qu'il me le faut. Tout de suite. »
On dépêche dix secrétaires à la recherche de Welles. Avec le décalage horaire, il est alors à New York deux heures du matin. Orson Welles dort.
« Sortez-le-moi du lit, tonne Mayer. Où qu'il soit ! Trouvez-le-moi. »
Un secrétaire apparaît :
« On me dit qu'il est au *Stork Club*
— Non, dit un autre, à *El Morocco.* »
De Harlem à Chinatown, dans tout Manhattan, les téléphones crépitent. Pendant ce temps la conférence se poursuit.
À cinq heures du matin, enfin, un secrétaire entre dans le bureau, l'air triomphant.
« J'ai Orson Welles au téléphone. »
Alors Mayer :
« Qu'est-ce qu'il veut ? »

(BEN HECHT)

Grandes dames

Sarah Bernhardt se promène sur le pont du paquebot qui l'emmène à New York pour une série de représentations. Devant elle, elle aperçoit une vieille dame que le tangage fait tomber. Elle se précipite, l'aide à se relever. La dame la regarde et lui dit :
« N'êtes-vous pas Mme Hessler ?

— Non, madame. Je me nomme Sarah Bernhardt. »
La dame impressionnée, pâle, lui dit alors :
« Je suis la veuve de Lincoln. »

Grog

Pour amuser les autres invités, quand il dîne en ville, Victor Hugo a mis au point un numéro de salon : il place dans sa bouche une orange entière. Avec son écorce. Il fourre dans les coins de ses joues autant de morceaux de sucre qu'il peut. Puis il croque le tout, les lèvres closes. Au milieu de la démonstration, il ingurgite deux petits verres de kirsch. Quelques instants plus tard, il ouvre la bouche en riant. Il a tout avalé. Il a cessé de faire ce numéro, quelques jours seulement avant sa mort. Il avait conservé toutes ses dents. Il appelait cela « son grog à l'orange ».

(ALEXANDRE DUMAS PÈRE)

Grouillot

Au lendemain de la Libération, un jeune garçon très ambitieux est embauché au *Figaro* comme grouillot. Il n'est pas question pour lui de moisir dans cet emploi médiocre, aussi cherche-t-il à approcher le grand patron. Tout simplement, il a remarqué que celui-ci, Pierre Brisson, va se soulager tous les jours à la même heure dans les toilettes de la rédaction. Tous les jours, le jeune homme s'installe devant l'urinoir à côté de celui où opère Brisson qui, un jour, le remarque. Un jour, il lui parle. Le jeune homme lui répond. Quelques semaines plus tard, Brisson, qui le

trouve très déluré et très astucieux, le fait nommer à la rédaction, où il brillera.
Certaines rumeurs laissent entendre que le jeune homme en question n'était autre que Philippe Bouvard. Ce doit être faux puisque Bouvard lui-même a raconté ses débuts au *Figaro* d'une façon différente.

Guéguerre

Pagnol insiste pour que Giono pose sa candidature à l'Académie française. Il lui promet une élection de maréchal. Mais Giono n'a jamais pu se départir d'une méfiance à l'endroit de Pagnol.
« Il veut que je me présente, pense-t-il, pour me faire battre. » C'est alors que Gérard Bauër lui ayant proposé d'entrer à l'Académie Goncourt, Giono lui donne son accord et est élu à l'unanimité.
Apprenant la nouvelle, Pagnol lui envoie ce télégramme :
Tu es un couillon. Tu n'auras pas le bicorne.
Quelques jours plus tard, à un journaliste qui lui demande pourquoi il ne s'est pas présenté à l'Académie française, Giono répond :
« Mais j'y suis déjà. Sous un nom d'emprunt. Là-bas, ils m'appellent Pagnol. »

Opinion exprimée par Picasso sur la grande exposition Braque à Paris en 1945 :
« C'est bien accroché. »
Opinion exprimée par Braque au vernissage des céramiques de Picasso à Vallauris en 1948 :
« C'est bien cuit. »

(MARCEL DUHAMEL)

H

Habit

Anatole France va faire un soir une visite inopinée à Guy de Maupassant qu'il admire. Il tombe mal. Ce soir-là, justement, Maupassant donne une soirée. Il est en habit. Anatole France s'excuse de le déranger.
« Pas du tout, répond Maupassant. Restez donc. »
Anatole France explique qu'il est en tenue de ville, que ce n'est pas possible. Maupassant insiste.
« Allez donc vous mettre en habit et revenez.
— Mais je n'ai pas d'habit.
— Ce n'est que cela, dit Maupassant. Prenez le mien. »
Et il commence à enlever sa veste, son pantalon, sa chemise. Anatole France a bien des difficultés à s'échapper. Il vient de découvrir que les rumeurs sur la santé morale de Maupassant sont bien fondées.

Habit vert

Maurice Donnay, qui a souvent laissé entendre qu'il était le petit-fils de Béranger, le célèbre chansonnier (c'était le meilleur ami de ses grands-parents), a débuté sur la scène du cabaret *Le Chat noir* où, par dérision, les serveurs étaient habillés en académiciens. Élu sous la Coupole, il a tant de remords de cette faute de jeunesse qu'il demande, à sa mort, d'être enterré dans son habit vert. Ce qui sera fait.

Le 22 novembre 1962, entouré d'amis, Kessel fête au Fouquet's son élection à l'Académie française. Michèle Kessel, sa femme qui se retrouve avec lui dans un groupe avec les Achard et les Pagnol, demande à ces deux amis combien coûte un habit d'académicien. Tous les deux donnent le même chiffre :
« Un million. »
Kessel blêmit. Il a gagné beaucoup d'argent dans la vie, mais il a tout dépensé. Il n'a plus un sou.
Sa femme le console :
« Ne t'en fais pas, chéri, si c'est trop cher, je te le tricoterai. »

(ANDRÉ COURRIÈRE)

Happy end

Félicien Marceau apporte au magazine *Marie-Claire* sa nouvelle *Les Roses de Conchita* : l'histoire d'une brève rencontre à l'issue de laquelle les amants se séparent à jamais.
Le rédacteur en chef, tout en trouvant la nouvelle excellente, lui avoue qu'il aurait préféré une *happy end*.
« Qu'à cela ne tienne ! » dit Marceau qui prend son stylo et qui rajoute une ligne.
« Elle eut tout juste le temps de le rappeler. »

Harpo

Chaque fois que Groucho Marx rencontre Sam Goldwyn, celui-ci lui serre la main et lui demande :
« Comment va Harpo ?
— Bien. »
Un jour, entendant Goldwyn lui demander, pour la millième fois : « Comment va Harpo ? », Groucho éclate :
« Écoutez, chaque fois que je vous rencontre, vous me demandez aussitôt : “Comment va Harpo ?” Vous ne me posez jamais d'autres questions. Et pour vous parler franchement, j'en ai ras le bol. Pourquoi vous ne demandez comment je vais, moi ?
— Comment allez-vous ? demande aussitôt Goldwyn.
— Très bien, merci.
— Et comment va Harpo ? »

(GROUCHO MARX)

Harpo Marx joue au golf avec Sam Goldwyn. Avant un putt, il retire un petit caillou qui se trouve devant sa balle. Goldwyn bondit :
« Vous n'avez pas le droit de faire ça. C'est interdit !
— Mais vous venez de le faire. Je vous ai vu.
— Et vous n'avez pas entendu mon caddie me dire que c'était interdit ? »

Haut commissaire

Haut commissaire à l'Information en 1939 lors de la déclaration de guerre, Giraudoux arrive tous les matins à neuf heures à son bureau installé dans une suite de l'hôtel Scribe réquisitionné. Un factionnaire garde sa porte. Lorsqu'il veut aller, en douce, boire un verre avec un ami dans un bar du quartier, il sort par une porte de service, non gardée, et revient dans son bureau par le même chemin.

Un jour, au moment où, de retour, il arrive devant la fameuse porte de service (il est avec André Beucler), il découvre qu'on a placé, là aussi, une sentinelle, un garde républicain qui l'arrête et lui demande :« Qui êtes-vous ?

— Je suis Arsène Lupin, répond Giraudoux.

— Et ce monsieur avec vous ?

— Le comte de Monte Cristo, mon sosie.

— Qu'est-ce que je dois faire ?

— Vous allez nous laisser entrer. Vous rédigerez un rapport. Vous le déposerez sur mon bureau. Je l'examinerai demain matin. »

(KLÉBER HAEDENS)

Hernani

Pendant la première représentation d'*Hernani* à la Comédie-Française (le 25 février 1830), le jour de la fameuse bataille, Hugo suit le quatrième acte dans les coulisses. Depuis le lever du rideau, l'enthousiasme du public n'a fait que croître et embellir. On vient alors dire à Hugo que quelqu'un le demande. Un petit bonhomme se présente à lui :

« Je suis M. Mame, associé de M. Baudouin l'éditeur… Mais nous sommes mal ici pour causer. Voudriez-vous venir une minute dehors. »

Ils sortent dans la rue.

« Voici, dit-il. Nous sommes dans la salle, M. Baudouin et moi, et nous avons envie de publier *Hernani.* Voulez-vous nous en vendre les droits ?

— Combien ?
— Six mille francs.
— Nous en reparlerons après la représentation.
— Je tiendrais, insiste M. Mame, à en terminer tout de suite.
— Pourquoi ? Vous ne savez pas ce que vous achetez. Le succès peut diminuer.
— Oui, mais il peut augmenter. Au second acte je pensais vous offrir deux mille francs ; au troisième, quatre mille ; je vous en offre six mille au quatrième. Après le cinquième j'aurais peur d'avoir à vous en offrir dix mille.
— Alors d'accord pour six mille », finit par dire Hugo.

Les deux hommes vont dans un bureau de tabac voisin, achètent une feuille de papier timbré sur laquelle ils établissent et signent le contrat.

Hugo reçoit ses six mille francs. Il n'avait à ce moment-là pour toute fortune que cinquante francs.

(MARCEL ACHARD)

Hollywood

Clark Gable, coqueluche de l'écran, formait avec Carole Lombard, le ménage le plus uni d'Hollywood. Mais bien avant de devenir légalement mari et femme, ils ont été des amants passionnés alors qu'ils étaient tous les deux mariés, chacun de son côté.

C'était l'époque où les ligues puritaines faisaient trembler Hollywood. Le moindre écart d'une star dans sa vie privée, dénoncé par les journaux de Californie, mettait sa carrière en danger.

Afin que leur liaison reste secrète, Clark et Carole pour se retrouver prenaient mille précautions. Ils

changeaient à chaque fois le lieu de leur rendez-vous. Lui quittait la ville par le nord, elle par le sud. Ils parcouraient des centaines de kilomètres pour semer des suiveurs éventuels.
« Et quand nous avons enfin été mariés ensemble, avouait Carole Lombard, officiellement mariés, il n'y a eu que dans des chambres d'hôtel que nous avons pu vraiment faire l'amour. »

(GARSON KANIN)

Franck Capra présente son premier film pour la Columbia. Harry Cohn, le grand patron de la firme qui trouve son travail excellent, le félicite et lui dit :
« On va faire un formidable succès. Il ne nous reste plus qu'à trouver un bon *pusher*.
— Un *pusher* ? Qu'est-ce que c'est ? »
Cohn le lui explique :
« Un *pusher* est un complément de programme, un court métrage, un documentaire "très très emmerdant" qui découragera les spectateurs qui auront aimé le film de rester pour la séance suivante. »

Homonymie

Une des grandes joies de Marcel Pagnol : un jour il téléphone à un plombier à qui, pour finir, il demande son nom :
« Oh, dit le plombier, c'est un nom connu.
— Connu ? demande Pagnol.
— Oui. Connu. Je m'appelle Claudel.
— Claudel ?
— Oui. Claudel. Comme le camembert. »

Humour

L'ambassadeur François-Poncet réunit chaque matin ses principaux collaborateurs pour une conférence de coordination, conférence qu'il agrémente régulièrement de calembours ou de mots d'esprit assez faciles. Et tous les assistants aussitôt de rire très fort, de s'extasier sur le sens de l'humour de M. l'ambassadeur.

Un matin, un jeune attaché d'ambassade, Alain Peyrefitte, seul parmi tous les autres, ne rit pas. L'ambassadeur se tourne vers lui :

« Vous ne trouvez pas cela drôle, monsieur Peyrefitte ?

— Si, monsieur l'Ambassadeur, mais je dois vous dire que j'ai reçu ce matin mon ordre de mutation. »

I - J - K

Identité

L'armateur milliardaire grec Aristote Onassis passe la douane à un poste frontière. Le préposé lui demande :
« Votre identité ?
— Aristote.
— Quoi ?
— Aristote.
— Épelez.
— A-R-I-S-T-O-T-E.
— Aristote. Bon ! Et après ?
— Socrate.
— Épelez.
— S-O-C-R-A-T-E.
— Et après ?
— Onassis. »
Le douanier se lève d'un bond.
« Fallait le dire tout de suite, monsieur Onassis. »

(GUILLAUME HANOTEAU)

Imitation

Pour amuser ses invités à Hollywood, Chaplin leur faisait quelquefois un numéro d'imitation. Il refaisait

– à la perfection – Clark Gable, Greta Garbo, James Cagney, Hemingway, Faulkner, Roosevelt, son maître d'hôtel japonais. Une nuit, ramenant des amis du restaurant, il chante admirablement le grand air d'un opéra italien.
« Je ne savais pas que vous saviez chanter si bien, lui dit un invité.
— Je ne sais pas chanter du tout, répond-il. C'était juste une imitation de Caruso. »

Impressions

Villemessant avait peu voyagé. Retour de Venise il note dans son carnet :
Ça m'a rappelé les inondations de Lyon.

Inexplicable

Charles X, qui sent son règne menacé, fait appel à Talleyrand qui lui confirme ses inquiétudes. Le Roi lui dit alors :
« Un roi que menace son peuple n'a le choix qu'entre son trône et l'échafaud.
— Vous oubliez, répond Talleyrand, la chaise de poste. »
Charles X file en Angleterre, laissant son trône à Louis-Philippe. Celui-ci fait de Talleyrand son ministre. Après avoir prêté serment, Talleyrand (selon Victor Hugo) dit au nouveau roi :
« Sire, c'est mon treizième serment.
— Comment faites-vous, prince ? lui demande Louis-Philippe. Les régimes passent sans vous ébranler.

— Je prie Votre Majesté de croire que je n'y suis pour rien. Mais j'ai en moi quelque chose d'inexplicable qui porte malheur aux régimes qui me négligent. »

Infarctus

On annonce à Colette la mort subite de son second mari Henri de Jouvenel dont elle était divorcée.
On lui dit :
« C'est le cœur !
— Pas possible. »

Infidèle

Inquiète des infidélités de Napoléon III, l'Impératrice Eugénie demande à la princesse Pauline de Metternich, femme de l'ambassadeur d'Autriche à Paris, si elle a un secret pour s'assurer la fidélité de son mari :
« Oui, répond la princesse. Pour l'empêcher de courir, je lui casse les pattes tous les matins. »

Ingénieur du son

Pour porter à l'écran *Marius*, la comédie de Marcel Pagnol, la Paramount a fait venir de Hollywood un metteur en scène chevronné, le hongrois Alexandre Korda, qui a pris la décision de tourner le film avec les interprètes de la pièce au théâtre : Raimu, Charpin, Orane Demazis, etc.

Ce sont les premiers temps du cinéma parlant et sur chaque plateau, un homme règne en despote : l'ingénieur du son. Tout le monde tremble devant lui. Raimu dit sa première réplique.
« Arrêtez tout ! » crie une voix.
Surgit alors l'ingénieur du son.
« Ce n'est pas possible, décide-t-il. Nous sommes devant un problème grave. Mes appareils ne peuvent pas enregistrer la voix de M. Raimu. Je n'y peux rien. C'est embêtant, mais c'est comme ça.
— C'est surtout embêtant pour vous, répond Korda. Parce que, M. Raimu, je ne peux pas le remplacer, alors que vous je peux très bien. »
L'ingénieur se retire. Il réussira avec ses appareils à enregistrer la voix de Raimu.

Insurrection

En 1848, Victor Hugo fait partie – avec Aurélien Scholl – de la commission nationale chargée de rétablir l'ordre dans les quartiers insurgés :
« Voilà, dit-il, j'irai entre les deux camps. J'offrirai ma poitrine aux balles et la guerre sera finie !
— Pour vous », dit Scholl.

Intérêt

Apprenant la mort de Talleyrand, Louis-Philippe demande :
« Êtes-vous bien sûr qu'il soit mort ?
— Pourquoi, Sire ?
— Parce que je ne vois pas quel intérêt il pouvait bien avoir de mourir en ce moment. »

Jaurès (Jean)

Jean Jaurès a pris place à Toulouse dans un wagon de troisième classe du train de Carmaux. Son vis-à-vis, un mineur de fond, le regarde longuement, puis se lève, ôte son chapeau et lui dit :
« Mais, je n'exagère pas. Vous êtes Jaurès ! »

(MARCELLE AUCLAIR)

Joconde

Le 21 août 1911, au Musée du Louvre, on a volé le célébrissime chef-d'œuvre de Léonard de Vinci, *La Joconde.*
Les soupçons se portent aussitôt sur un personnage connu de la police, Gery Piéret, déjà arrêté quelques mois plus tôt pour avoir volé dans la salle des Antiques du même musée des masques vénitiens et des statuettes (il en a vendu deux à Picasso). Apollinaire, qui a employé Piéret comme secrétaire, est arrêté pour complicité et reste six jours à la prison de la Santé avant que soit reconnue son innocence. Par la suite, chaque fois qu'il rencontre Léautaud, celui-ci le salue d'un :
« Et comment va la Santé ? »

Joueur

John Montagu, quatrième comte de Sandwich, homme politique britannique, premier lord de l'Amirauté (1750), joueur impénitent, grand habitué des maisons de jeu de Londres et de Paris, afin de calmer sa faim sans quitter la table de twist et sans prendre

le risque de tacher les cartes, se fait confectionner des tartines de pain beurrées entre lesquelles on insère une tranche de jambon. À cette invention, on donne son nom.
Le sandwich est né.

Journal

Jean de Villemessant est directeur du *Figaro* (en 1869). Le propriétaire du journal trouve le numéro du jour très mauvais et lui en fait le reproche.
Réponse de Villemessant :
« Nous ne le ferons plus. »

Judas

Léonard de Vinci mit plusieurs années pour terminer son tableau *La Cène*. Il ne trouvait pas de modèle qui accepte de poser pour « Judas ». Un soir, dans une taverne mal famée, il rencontre un clochard, malade, loqueteux, qui a la tête de Judas telle qu'il l'imagine. Il lui propose de poser, l'autre accepte. Le tableau fini, Vinci dit à son modèle.
« J'avais l'impression de vous avoir déjà rencontré ?
— Oui, répond l'homme. Il y a sept ans. C'est moi qui ai posé pour vous pour Jésus. »

Jumeaux

Les deux leaders démocrates chrétiens Alfred et Paul Coste-Floret, tous les deux députés, l'un de la Haute-

Garonne, l'autre de l'Hérault, sont frères jumeaux et se ressemblent tellement que personne n'arrive à les distinguer.
Sauf le coiffeur de la Chambre qui ne se trompe jamais.
Paul est ministre. Quand l'un des deux frères s'installe dans son fauteuil, le coiffeur lui demande : « Comment va M. le Ministre ? » S'il répond « Je vais bien », c'est Paul. S'il dit « Mon frère va bien », c'est Alfred.

(JEAN BARSALOU)

K.O.

Al Brown est, dans les années 1930, le plus grand boxeur de l'époque. La coqueluche de Paris et du Tout-Paris. Cocteau chante sa gloire. Un jour il va boxer à Genève contre un adversaire très médiocre. Coup heureux, celui-ci le met knock-out.
« C'est bien fait ce qui t'arrive, lui dit le matchmaker parisien Gilbert Benaim. Tu te signes avant chaque match. À Genève tu n'as pas fait ton signe de croix. Le Bon Dieu t'a puni.
— Je n'allais pas quand même, répond Al Brown, embêter le Bon Dieu pour battre ce tocard. »

(JEAN ESKENAZI)

L

La

Sir Thomas Beecham, célèbre chef d'orchestre britannique, interrompt au milieu de son « grand air » une cantatrice qui chante particulièrement faux et lui demande :
« Madame, pourriez-vous, s'il vous plaît, nous donner votre la ? »

La Fontaine

La Fontaine s'est laissé marier avec la jolie Marie Héricart, fille d'un lieutenant général de La Ferté-Milon. Le ménage s'est installé à Château-Thierry d'où La Fontaine, très vite, est parti à Paris vivre à sa fantaisie. On vient lui dire que sa femme, qu'il n'a pas revue depuis des mois, est très fâchée de cette situation et qu'il devrait aller se réconcilier avec elle. La Fontaine part alors pour Château-Thierry en voiture publique, arrive chez lui, demande son épouse. Le domestique, qui ne le connaît pas, lui répond que « Madame est au Salut ».
Un ami, qui a appris que La Fontaine est à Château-Thierry, vient le voir et l'invite à dîner pour le soir

même. C'est à une lieue de là. La nuit vient. Madame n'arrive pas. L'ami insiste. La Fontaine se laisse entraîner.
Au dîner, La Fontaine retrouve un autre ami qui l'invite à venir déjeuner chez lui le lendemain ; sa maison est à deux lieues dans la direction de Paris. La Fontaine, tout en objectant que cela l'éloigne de sa femme, ne sait pas résister. Chez ce second ami, il en rencontre un troisième qui lui propose de venir souper chez lui, le soir même. Sa maison est à trois lieues toujours du côté de Paris. La Fontaine accepte et se retrouve le soir à six lieues de Château-Thierry. Quand il veut repartir pour chez lui, un temps affreux l'oblige à rester là. Deux jours plus tard, il y a une Assemblée solennelle de l'Académie. Une occasion s'offre pour la capitale. La Fontaine en profite, retourne à Paris où ses amis lui demandent : « Alors ? Avez-vous vu votre femme ? Êtes-vous réconciliés ?
— J'ai été chez elle, répond-il, mais je n'ai pas pu la voir. Elle était au Salut. »

Laitier

Plusieurs mois après la Libération, les restrictions alimentaires continuent. On n'a pas encore supprimé la carte de pain, la carte de viande. Beaucoup de Français s'en plaignent.
« Tout ne va pas bien, c'est entendu, déclare Henri Jeanson. Mais quand on frappe à votre porte à six heures du matin, si ce n'est pas encore le laitier, ce n'est plus la Gestapo. »
Le mot en quelques jours fait le tour de Paris.

Landru

En 1946, il y a encore en France – en attente de rapatriement – beaucoup de soldats canadiens. À la suite d'un pari Jean Carmet, comédien débutant, se met en tenue de soldat canadien et se rend à Gambais. Là, s'adressant aux gens qu'il rencontre dans les rues, aux commerçants, aux concierges, il leur demande avec l'accent du Québec :

« Vous êtes de Gambais ?

— Oui, monsieur.

— Vous habitez Gambais depuis longtemps ?

— Oh, monsieur. Ma famille habite Gambais depuis trois ou quatre générations, lui répondent quelques-uns. Nous n'avons jamais quitté Gambais.

— Alors, vous pourriez peut-être me rendre un service ?

— Avec plaisir !

— Voilà, reprenait Carmet, je suis un soldat canadien d'origine française. Ma famille était d'ici, de Gambais. Mes parents sont partis s'installer à Québec en 1910 et ils ne sont jamais revenus. Et ils ont laissé ici un frère de mon père, un oncle à moi dont ils sont sans nouvelles depuis. Alors ils m'ont dit : "Puisque tu vas en France, tâche de te renseigner, savoir ce qu'il est devenu." Mon oncle s'appelait comme moi : Landru. Nous sommes sans aucune nouvelle depuis peut-être vingt ans. Puisque vous êtes de Gambais peut-être l'avez-vous connu ? »

Aucun habitant de Gambais, interrogé par Carmet, n'avait jamais, assurait-il, entendu parler de Landru.

(ANDRÉ FRÉDÉRIQUE)

La Paz

Au cours d'une grande tournée en Amérique du Sud, Sarah Bernhardt donne une représentation de gala de *L'Aiglon* au Grand Théâtre National de Bolivie à La Paz.
Le Président de la République est dans sa loge. Sarah, à son entrée en scène, lui adresse un salut.
Quand le rideau se lève pour le deuxième acte, Sarah constate que la loge présidentielle est vide. Le Président est parti. Sarah trouve ce monsieur bien mal élevé. Oser lui faire ça à elle, la grande Sarah !
Pendant le deuxième et le troisième acte, la loge reste vide.
Au quatrième, elle est à nouveau occupée.
À la fin du spectacle, on explique à Sarah Bernhardt que, pendant le premier acte, il y a eu une révolution dans le pays. Le Président qui était là au premier acte a été renversé. Le nouveau Président, mis en place par la révolution, n'a rien eu de plus pressé que de venir l'applaudir.

(LOUIS JOUVET)

Lapsus

Le jour de l'attribution du Prix Goncourt 1951, Raymond Queneau annonce ainsi le résultat aux journalistes :
« Le prix Goncourt 1951 a été attribué au roman *Les Ravages de Sartre*, non, pardon, je me trompe, *Le Rivage des Syrtes*, de Julien Gracq. »

Laurel et Hardy

Le scénario de *Big Business* (*Œil pour œil*), l'un de leurs chefs-d'œuvre, a pour thème la destruction complète et systématique d'un bungalow. Laurel et Hardy, dans une crise de rage, doivent en abattre les murs, les cloisons, en casser les portes, les fenêtres, les meubles, en déchirer les rideaux, mettre en petits morceaux la vaisselle, les ustensiles de cuisine, les jouets des enfants, les moindres bibelots. Rien ne doit échapper à leur folie.

L'assistant chargé des repérages a trouvé dans les environs d'Hollywood le bungalow idéal pour le tournage. Il appartient à un technicien du studio. On conclut un accord avec celui-ci. Il prendra deux mois de vacances avec sa famille. Pendant son absence, on tournera le film, on dévastera sa maison. On le paiera pour son utilisation et on lui garantit de lui reconstruire un bungalow identique au sien pour son retour.

À son arrivée sur place, un assistant crie :

« Tiens, c'est curieux, la clé n'ouvre pas la porte.

— Aucune importance, lui répond-on, puisqu'on va la casser. »

Les prises de vues commencent. Laurel et Hardy détruisent tout.

Quand il ne reste plus que deux jours de travail, une voiture s'arrête devant le tas de ruines avec à son bord un homme, une femme, des enfants. La femme s'évanouit. L'homme aussi.

On se précipite. On découvre alors qu'on s'est trompé de bungalow.

Légion d'honneur

Léon-Paul Fargue arbore toujours au revers de son veston – alors qu'il n'a aucun droit de le porter – le ruban rouge de chevalier de la Légion d'honneur.
« C'est pour qu'on ne me fasse pas attendre dans les antichambres », explique-t-il.
Quelquefois il fait admirer à un ami sa dextérité pour escamoter, en cas de danger, le ruban rouge illégal.
Un taxi où il a pris place est accroché par une autre voiture, rue de Seine, juste devant le commissariat de police. Le chauffeur oblige Fargue à l'y suivre pour lui servir de témoin. Ils entrent. Fargue pense à son ruban qu'il fait sauter aussitôt. Pas assez vite, cependant. Un planton l'a vu. On le fouille et on trouve le ruban dans sa poche. Le voilà accusé de port illégal de décoration.
Sollicité par des amis, Gallimard, Valéry, Paulhan, etc., le ministre de l'Éducation nationale Anatole de Monzie le fait aussitôt nommer chevalier. Les choses s'arrangent.
Fargue, une semaine plus tard, va remercier le ministre de son intervention.
« Entrant dans mon bureau, disait de Monzie, il portait déjà la rosette. »

(JACQUES AUDIBERTI)

Sacha Guitry est le témoin d'Emmanuel Berl qui épouse Mireille à la mairie du Ier arrondissement.
L'appariteur lit l'acte. Il en arrive à la formule :
« Les témoins sont, pour le marié : M. Sacha Guitry chevalier de la Légion d'honneur. »
Reposant le registre, l'appariteur s'adresse à Sacha :

« Vous êtes chevalier de la Légion d'honneur, monsieur Sacha Guitry ? »
Sacha montre le ruban rouge au revers de son veston :
« Je croyais, dit-il, avoir mis un pense-bête. »

(JEAN NOHAIN
qui était le témoin de Mireille)

Saturnin Fabre s'indigne toujours, avec véhémence lorsqu'il voit des comédiens et des comédiennes décorés de la Légion d'honneur.
« Napoléon ne l'a pas créée pour des cabots », tonne-t-il.
Voilà qu'un jour, c'est son tour. Il arrive au studio un matin, arborant le ruban rouge à un revers de son veston. On le charrie. Quelqu'un lui demande :
« Vous avez vu ce que vous avez là ? »
Il regarde son ruban, le frotte avec le revers de la main comme si c'était une tache.
« Bah ! dit-il. Ça partira avec un peu d'eau. »

(JEAN LE POULAIN)

Lesbienne

Sam Goldwyn annonce à un ami qu'il va produire un film sur la vie de George Sand. L'ami le prévient :
« Méfiez-vous. Vous risquez d'avoir des ennuis. C'était une lesbienne.
— Aucune importance. Nous en ferons une Hongroise. »

Libération

Le 14 juin 1944, de Gaulle arrive en Normandie libérée. Partout où il passe, au milieu des ruines, c'est la joie et le délire. Les dernières cloches restées en place sonnent à toute volée. Sur les derniers pans de murs, on a accroché des drapeaux. On chante *La Marseillaise.*

Soudain, un bruit de galop. Apparaît au milieu de la foule en liesse un lourd percheron de labour, monté sans selle ni étriers par un grand et gros curé de campagne, tout rouge de colère, qui saute de sa monture.

« Ah vous voilà, mon général, dit-il. J'ai écouté votre appel du 18 juin. J'ai aidé les patriotes. J'ai caché des parachutistes. J'ai ravitaillé le maquis. Et vous passez à côté de mon village sans me serrer la main. Je vous assure. Si j'avais su que vous me feriez ça ! »

De Gaulle l'embrasse.

(GASTON BONHEUR)

Lindberg

L'humoriste américain Robert Ripley déchaîne dans tous les États-Unis une vague d'indignation sans précédent, en affirmant dans sa chronique quelques jours après l'exploit de Lindberg (1927) que celui-ci n'est pas du tout le premier aviateur à avoir traversé l'Atlantique sans escale par la voie des airs, mais le 67e.

Il a raison. D'autres Américains, Alcok et Brown, avaient volé en 1919 de Terre-Neuve jusqu'en Irlande. 31 aéronautes ont traversé l'océan en juillet 1919 à bord du dirigeable britannique, le *R34*. 33 en

octobre 1924, à bord d'un autre engin, le *LX 126*, construit par les Allemands, livré aux États-Unis au titre de prise de guerre et rebaptisé *Los Angeles*.
Un rival de Ripley refaisant les comptes affirme alors que le *R34* a effectué quatre vols aller et retour entre 1919 et 1924 et que Lindberg n'est donc ni le premier homme à avoir traversé l'océan, ni le 67e mais le 97e.
Il est – et il reste – le premier à avoir traversé l'Atlantique en avion en solitaire.

Linge

Georges Courteline, rédacteur au ministère des Cultes, partage son bureau avec un collègue assez négligé de sa personne (et qui lui inspirera plus tard le personnage de M. Soupe de *Messieurs les ronds-de-cuir*).
Un jour, n'y tenant plus, Courteline lui dit :
« Mais comment faites-vous, cher ami, pour changer comme ça de linge sale tous les jours ! »

Lingots

Quelques jours après le déclenchement de la guerre (en septembre 1939), Raimu décide de ramener dans le coffre de sa banque de Marseille les lingots d'or accumulés dans le coffre de sa banque de Paris. En cas d'offensive allemande (on ne sait jamais) ils y seront, lui semble-t-il, plus à l'abri.
C'est Maupi qui se chargera du transport à bord de l'énorme voiture de son ami, une Buick.

Raimu, lui, descendra par le train jusqu'à Marseille. Maupi devra rouler sagement et coucher à Vienne chez des amis. Il retrouvera Raimu le lendemain vers quatre heures de l'après-midi à la *Brasserie de Verdun*, rue Paradis.

Vingt minutes avant l'heure fixée, Raimu s'installe devant un demi à la terrasse de la brasserie.

À quatre heures, Maupi n'est pas là.

« Il a dû être un peu retardé, pense Raimu. Ou il est parti tard. »

À quatre heures et demie, pas de Maupi.

À cinq heures toujours rien.

Raimu commence à se faire un peu de souci.

À cinq heures et demie, rien non plus. Les soucis tournent à l'inquiétude, puis, à six heures, carrément à l'angoisse. Raimu voit déjà sa belle voiture dans un fossé, Maupi mort à l'hôpital, ses lingots éparpillés sur la route, volés par des passants.

À six heures et demie, au moment où l'apoplexie va se déclarer, le garçon de café apparaît sur la terrasse criant :

« On demande M. Raimu au téléphone. »

Raimu se précipite, bouscule le guéridon, renverse ses soucoupes, prend l'appareil :

« Allô, c'est toi ?

— Tout va bien, le rassure aussitôt Maupi. Tout va bien, mais ta voiture.

— Quoi, ma voiture ?

— Les roues de gauches viennent un peu devant celles de droite. Mais les lanternes, elles marchent les lanternes. Impeccable. »

Maupi était entré dans un mur.

Alors Raimu revenu sur la terrasse laisse aller sa colère :

« Mesdames et messieurs, regardez-moi. J'ai une voiture géante. Je ne connais qu'un nain ! Je la lui confie. Il me la casse. C'est bien fait pour moi ! »

(Toé)

Lipp

Marcellin Cazes est le patron sur le boulevard Saint-Germain de la brasserie *Lipp*, grand rendez-vous du monde politique et littéraire.
C'est au sortir de la brasserie *Lipp* que Léon Blum fut, en 1936, agressé par les « camelots du Roy » qui suivaient le convoi mortuaire de Jacques Bainville.
C'est à la brasserie *Lipp* que Pompidou apprit qu'il était élu Président de la République. En 1938 Marcellin Cazes a engagé comme chasseur, non pas tout à fait un nain, mais un homme très petit. Qu'on baptise le lendemain :
« L'atome de l'oncle Cazes »

(René Barjavel)

Livre d'or

Mauriac se promène dans la campagne en compagnie d'André Gide : ils entrent dans une auberge pour une collation. La patronne reconnait Mauriac à qui elle présente son livre d'or. Mauriac le signe et, s'apercevant que la dame ne connaît pas son compagnon, lui propose :
« Je passe le livre à Gide ?
— Bien sûr, signez aussi, monsieur Gibbs. »

(Paul Léautaud)

Loin

Marièton, auteur de théâtre, était le bègue le plus connu de Paris.
Un jour, un passant l'arrête dans la rue et lui demande le bon chemin pour aller à l'église Sainte-Clotilde. Marièton essaye de le lui expliquer :
« Pre-pre... première à gau-agau... », etc. Ça n'en finit plus.
« C'est si loin que ça ? s'inquiète le passant.
— Non. C'est... c'est... tout près. Si... si... vous aviez demandé à quelqu'un d'autre, vous y seriez déjà. »

Lord

Bernard Shaw, étant allé déjeuner avec des amis dans un club très fermé de Londres, s'aperçoit au moment de partir que son parapluie a disparu. Quelqu'un – par erreur sans doute – l'a emporté.
Il rédige aussitôt une note pour le tableau « Informations ». Il y écrit :
« L'honorable lord qui a volé mon parapluie pourrait-il me le rendre ? »
Un ami lui dit :
« Mais comment savez-vous que c'est un lord qui est parti avec votre parapluie ?
— Parce qu'un gentleman n'aurait jamais imaginé faire une chose pareille. »

Loterie nationale

Guillaume Hanoteau interviewe pour *Paris-Match* un vieux bonhomme, Paul Bonhoure, le coiffeur de Tarascon qui, quarante ans plus tôt, a fait rêver tous les Français. Il a été, en 1933, le premier gagnant de la Loterie nationale, nouvellement créée, et a touché le gros lot : cinq millions de francs. Une somme considérable. Cette fortune lui a fait faire toutes les folies. Quarante ans plus tard, il a tout perdu et habite à Nice dans un quartier populaire, un petit appartement où il vit misérablement. Évoquant son aventure. Il conclut :
« Voyez-vous, monsieur Hanoteau… on ne devient pas riche par hasard. »

(GUILLAUME HANOTEAU)

Louis d'or

Aurélien Scholl – chroniqueur célèbre – est journaliste au *Figaro*.
Il habite Rive gauche. Tous les jours, pour se rendre à son journal, il passe par le Pont des Arts et, tous les jours, il fait l'aumône, une pièce de dix centimes en bronze, au mendiant aveugle installé à l'entrée du pont. Celui-ci reconnaît son pas, le salue. Ils échangent quelques propos. Un jour, par inattention, au lieu de la pièce de deux sous habituelle, Scholl dépose dans la sébile du mendiant un louis d'or de vingt francs.
Le soir même il s'aperçoit de son erreur, en fait part le lendemain matin à l'aveugle qui lui répond :
« Ne vous inquiétez pas. Passez chez moi ce soir. Nous vérifierons ma comptabilité. »

À la fin de la journée, il découvre, avec surprise, l'appartement du mendiant, dans un immeuble bourgeois de Passy. L'aveugle le reçoit très gentiment et lui dit :
« Ma femme a retrouvé votre louis d'or. Le voici. »
Aurélien Scholl prend la pièce, remercie le brave homme de sa loyauté. Va prendre congé. Au moment où il va passer la porte, l'aveugle lui dit :
« Excusez-moi. Un simple détail. Je vous ai rendu vos vingt francs. Vous me devez une pièce de deux sous. »

Louvre

Forain n'a pas quinze ans. Il se destine aux Beaux-Arts. Installé au Louvre dans la Salle des bustes, il est en train de copier une tête de Michel-Ange. Ce qui est insupportable dans ce genre de travail, ce sont les curieux qui, passant derrière vous, regardent ce que vous êtes en train de dessiner. Il y en a même qui portent des jugements. L'un d'eux ose dire à Forain :
« Très bien, jeune homme. Venez me voir. »
Et il lui donne sa carte. Le jeune Forain lit :
« Carpeaux. »
Il ne sait pas qui c'est. C'est un camarade qui le lui dira.

Loyer

Au Mans, au début du siècle, les maisons closes se trouvaient dans les environs immédiats de la cathédrale.

En 1912, Monseigneur Grente, évêque du Mans, ouvre une souscription parmi les fidèles en vue de réunir la somme qui permettra d'acquérir les immeubles en question et d'en expulser les occupantes. La souscription est un succès. Les immeubles sont achetés par l'archevêché. Mais presque aussitôt la déclaration de guerre entraîne un moratoire des loyers qui interdit toute expulsion.
Dès lors, pendant des années, c'est l'archevêque qui, au Mans, touche les loyers des bordels. *Le Canard enchaîné* dévoile le scandale. S'ensuit un procès gagné par *Le Canard* grâce au talent de son avocat Maître Garçon.

(GALTIER-BOISSIÈRE)

Lycée

Pour les vacances de la Toussaint 1928, Marcel Pagnol a invité son père Joseph Pagnol, directeur d'école à Marseille, à venir à Paris assister à une représentation de sa pièce *Topaze* qui, depuis quelques semaines aux Variétés, bat tous les records de recettes, ce qui représente chaque soir une petite fortune de droits d'auteur.
Après la représentation, les deux hommes vont souper dans une brasserie des boulevards.
Au dessert M. Pagnol père ose enfin poser à son fils la question qui le tracasse (Marcel Pagnol s'est fait mettre en congé au lycée Condorcet où il était professeur adjoint).
« En somme, dit-il à Marcel, si je comprends bien, tu ne vas plus au lycée ?
— Non.
— Mais alors, de quoi vis-tu ? »

M

Machiniste

Le grand acteur Baron, entré en 1670 dans la troupe de Molière, jouait encore *Le Cid* alors qu'il avait quatre-vingts ans et y remportait de grands succès. Il se jetait encore assez lestement aux pieds de Chimène. Mais quand celle-ci lui donnait l'ordre de se relever, il restait dans cette attitude jusqu'à ce que deux machinistes viennent le mettre debout.

Maë

Grande star d'Hollywood, épouse de Clark Gable, Carole Lombard reçoit chez elle le scénariste Garson Kanin, leur grand ami, venu boire l'apéritif. Celui-ci lui dit :
« Je viens de faire l'amour avec vous. »
Garson Kanin apprend alors à Carole Lombard éberluée qu'il y a, dans les environs d'Hollywood, une maison close dont chaque pensionnaire est le sosie d'une grande vedette. On peut y faire l'amour avec une Marlène Dietrich, une Ginger Rogers, une Carole Lombard bien sûr. L'endroit s'appelle *Chez*

Maë, la sous-maîtresse étant un sosie de Maë West.
Carole Lombard éclate de rire :
« Quand je vais raconter ça à Clark, dit-elle, il va rire aux larmes. »
Puis après un temps :
« Non, je ne le lui dirai pas. Il irait. »

(GARSON KANIN)

Maigre

Lucien Guitry dîne, avec des amis, chez un auteur réputé pour sa ladrerie. Le menu est maigre – un consommé bien clair, un petit poulet pour huit, pas de fromage…
Le repas fini, le maître de maison déclare :
« Eh bien, ce dîner était bien sympathique. Nous recommencerons.
— Tout de suite, si vous voulez », dit Lucien.

Maire

Pour fêter l'entrée dans le siècle nouveau, le Président de la République Émile Loubet organise dans le jardin des Tuileries le 22 septembre 1900 le grand banquet des maires de France qui réunit vingt-deux mille convives.
Alfred Capus, directeur du *Figaro*, y est invité.
« L'ennui, dit-il, c'est que, quand on est vingt-deux mille à table, il y en a toujours un qui meurt dans l'année. »

Maladresse

Talleyrand est très fier de sa table réputée pour sa munificence.
Pour un dîner où il doit recevoir des hôtes de marque, son poissonnier lui apporte deux saumons d'une taille exceptionnelle. Comment les faire admirer tous les deux à ses invités ? Chacun de ces saumons est assez gros pour constituer un plat abondant et on ne peut pas mettre deux plats de saumon au même menu. On passe à table. Le serveur présente un des saumons. Tout le monde admire.
« Quel saumon fabuleux… Il n'y a que chez vous, Monseigneur, que l'on voit des poissons aussi beaux… », etc.
« C'est un saumon qui n'a pas son pareil au monde », dit quelqu'un.
À ce moment le serveur a un geste maladroit. Le plat lui glisse des mains. Le poisson tombe par terre.
« Empoté, se fâche Talleyrand. Il va falloir en servir un autre. »
Ce qui est fait presque aussitôt. Et ce qui permet d'épater les invités une deuxième fois.

Maladroit

Clemenceau veut faire inviter, à une chasse présidentielle à Fontainebleau, un de ses amis parlementaires Brulat qui hésite à accepter, prétextant sa maladresse.
« Je crains même, dit l'invité, d'être dangereux pour mes voisins.
— Ne vous tourmentez pas, le rassure Clemenceau. Je vous ferai placer entre deux de mes ministres »

Malherbe

En 1592, un de ses amis normands qui s'appelle Cléophon a le malheur de perdre sa fille Rosette. Le poète Malherbe écrit pour lui un poème de condoléances qui commence par ce vers :
Ta douleur, Cléophon veut donc être incurable !
et se termine par :
Et ne pouvait Rosette être mieux que les roses.
Huit ans plus tard, à Aix-en-Provence, un autre de ses amis, Du Périer, perd lui aussi sa fille qui se prénomme Marguerite. Malherbe retrouve dans ses tiroirs le brouillon du poème adressé à Cléophon et le « rewrite ». Cela donne le fameux :
Ta douleur, Du Périer...
et se termine par :
Et rose elle a vécu ce que vivent les roses.
L'espace d'un matin.
Malherbe l'apprendra un jour : du Périer n'a pas du tout apprécié que son ami rebaptise sa fille Marguerite pour l'appeler Rose…
« Je ne pouvais pourtant pas écrire : *Et Marguerite elle a vécu ce que vivent les marguerites* », dit Malherbe.
Ce fut la fin de leur amitié.
À la mort de Cécile Sorel, le chansonnier Pierre-Jean Vaillard avait pastiché ainsi le fameux poème :
Et rose, elle a vécu ce que vivent les roses
Quand elles sont en fer forgé.

Malheur

Sacha Guitry est arrêté et jeté en prison à Fresnes à la Libération.
Apprenant que sa première femme Charlotte Lysès vient d'être arrêtée, elle aussi, et incarcérée dans la même prison, il soupire :
« Un malheur n'arrive jamais seul. »

Manchette

On appelle « manchette », dans le journalisme, le titre qui s'étale dans un journal sur toute la largeur de la page une.
Lorsque se rompt l'idylle de la princesse Margaret d'Angleterre avec son officier d'ordonnance, le group captain Peter Townsend, *France-Soir* consacre à l'événement les huit colonnes de sa première page avec cette manchette :

MARGARET RENONCE A PETER.

Manhattan

En 1947, le magasin américain *Collier's* offre un pont d'or à Marcel Aymé pour effectuer un reportage sur les États-Unis au lendemain de la guerre.
Pendant son séjour à Manhattan, on l'interviewe à la radio :
« Qu'est-ce qui vous étonne le plus à New York ?
— C'est de m'y voir. »

Manuscrit

Rivarol, qui n'aime pas la poésie de Florian, l'aperçoit qui marche devant lui dans les jardins du Palais-Royal avec un manuscrit qui sort de sa poche. Il le rattrape et lui dit :
« Ah, monsieur ! Si on ne vous connaissait pas, on vous volerait... »

Marathon

Aux Jeux Olympiques de Melbourne (1956) le Français Mimoun est engagé dans l'épreuve du marathon. Celle-ci (42 km 195) se dispute sur un parcours aller-retour. Les coureurs, partis du stade, vont tourner à un point extrême placé à 21 kilomètres et reviennent par la même route. Dès lors, les concurrents en tête croisent sur le retour ceux qui n'ont pas encore parcouru la partie aller de l'épreuve.
Le Français tourne le premier au vingt et unième kilomètre. Il sent alors qu'il peut gagner, qu'il va gagner, qu'il va remporter la médaille d'or.
Alors, chaque fois qu'il croise un concurrent encore dans la première moitié du parcours, pour lui saper le moral, pour achever de l'écœurer, il lui fait un bras d'honneur.

(JACKY GAROFALO)

Mariage

À l'époque de sa liaison avec Malraux, un ami demande à Louise de Vilmorin s'ils ont l'intention de se marier.

« Se marier ? répond-elle. Cela intéresse qui de se marier, de nos jours ? À part quelques curés. »

(JEAN MANGEOT)

Marlène

Après sa glorieuse carrière au cinéma, Marlène Dietrich s'est lancée dans le tour de chant. Londres lui a fait un triomphe. Elle vient ensuite chanter à Paris à l'Olympia.
Le soir de la première de gala, elle est dans les coulisses en attendant que le rideau se lève. Bruno Coquatrix, directeur de l'Olympia, est auprès d'elle. Il lui demande :
« Vous n'avez pas trop le trac ?
— Le trac ? Vous plaisantez ! C'est Paris qui devrait avoir le trac ! Sera-t-il assez bon pour moi ? »

(PASCAL SEVRAN)

Marquis

Maurice Faure, leader du parti radical socialiste, rencontre, dans une commune de sa circonscription du Lot, le maire, un instituteur, farouche radical lui aussi, qui lui explique les démêlés qui l'opposent au hobereau du pays, le marquis de X.
Le brave homme prend Maurice Faure à témoin.
« Je suis allé le voir au château. Je lui ai dit : "Non, monsieur le Marquis, ce que vous voulez, ce n'est pas possible, monsieur le Marquis. Réfléchissez, monsieur le Marquis..." »
Maurice Faure le coupe :

« Tu lui dis “monsieur le Marquis” ? »
Alors l'autre :
« Je vais me gêner ! »

(JACQUES RIGAUD)

Marseillaise

Lors des insurrections de 1830, on frappe à la porte d'une maison bourgeoise. Un homme fuyant l'émeute demande refuge. On lui ouvre la porte. L'inconnu, haletant, dit :
« Ça va mal. Ils chantent *La Marseillaise* ! »
C'était Rouget de l'Isle.

(MAURICE CLAVEL)

Marylin

Billy Wilder a décidé de tourner en décors réels en plein Manhattan la fameuse scène de *Seven years of itch* (*Sept ans de réflexion*) où Marylin Monroe, debout sur une bouche de métro avec sa jupe relevée par le courant d'air, montre ses jambes superbes jusqu'à la culotte. Au moment de tourner, vingt mille New-Yorkais sont rassemblés autour, criant des « Vas-y », des « Vive Marylin », mais aussi beaucoup des réflexions salaces.
Marylin est mariée alors à Joe Di Maggio, un des joueurs les plus prestigieux de l'histoire du base-ball, qui, quelques immeubles plus loin, est dans un bar en compagnie d'amis. C'est le journaliste Walter Winchell qui les a amenés là. Di Maggio est furibard. Quand Marylin les rejoint, la séquence finie :
« Ce soir, lui dit-il, j'ai eu l'impression d'être vingt mille fois cocu. »

Maudit

Le scénario de *M. le maudit*, chef-d'œuvre du cinéma, le dernier film que Fritz Lang tourne à Berlin avant que l'arrivée au pouvoir d'Hitler l'oblige à s'exiler, prévoit que l'assassin psychopathe, personnage principal de l'œuvre, arrêté, soit jugé et condamné par un tribunal de voyous.
Fritz Lang a engagé – comme conseillers – quelques figures connues de la pègre de la ville. Soudain, au milieu du tournage, il leur demande de jouer leur propre rôle, de former le tribunal en question. Ils acceptent. Ils doivent tourner pendant trois jours.
Le troisième jour, on les prévient que la police allemande va faire une descente au studio. Ils veulent partir tout de suite.
« Donnez-moi encore un quart d'heure », leur demande Fritz Lang. Ils acceptent. En un quart d'heure, tout est dans la boîte.
Quand les policiers allemands arrivent, le « tribunal » s'est volatilisé.

Mazarin

On vend à Paris sous le manteau (en 1640) des livres terribles contre Mazarin. Mazarin, très en colère, en fait rechercher tous les exemplaires comme pour les brûler. Quand il les a tous retrouvés, il les fait vendre en secret. Il en tire cent mille écus.

Méfiance

Lucien Guitry visite une exposition au Petit-Palais. Une vieille dame lui demande de l'aider à gravir les marches de l'escalier qui n'a pas de rampe. Il accepte, lui tend son poing fermé. Elle s'y accroche avec la main. Ils montent tous les deux péniblement. En haut, ils se séparent.
Lucien Guitry dit alors à un ami :
« Je regarde si j'ai encore ma montre, car c'est toujours comme ça que ça finit. »

Mélo

Celmas passe au Grand-Guignol, dans un mélodrame dont l'action se situe à l'intérieur d'un sous-marin naufragé reposant au fond de la mer et retenant prisonnier son équipage. Tous sont condamnés à périr là. Sauf un. Le bâtiment dispose en effet d'un appareil qui permettra à l'un des matelots de sortir de l'habitacle et d'être sauvé.
Au moment où il va partir, ses compagnons lui confient des messages pour leurs familles, pour leurs femmes, leurs mères, etc.
C'est au tour du personnage interprété par Celmas de donner le sien.
Il n'y a pas beaucoup de spectateurs dans la salle et le spectacle va probablement s'arrêter bientôt.
« Alors, demande à Celmas le comédien qui joue le rescapé. Ton message ?
— Va dire aux Karsenty que je serai libre la semaine prochaine et que, pour leur tournée, c'est d'accord. »

(FERNAND RAYNAUD)

Mémo

Le 12 juillet 1963, Jean Nohain reçoit une lettre manuscrite à en-tête de MM. Pujol et Mas de Toulon.

« Notre nom ne vous dira rien, et pourtant nous sommes les enfants d'un des plus grands artistes comiques du monde qui connut la gloire au début du siècle. »

MM. Pujol et Mas sont les petits-fils du pétomane.

« La France, s'indignent-ils, ne fait rien pour la mémoire de notre grand-père. »

À l'appui de leur démarche, ils indiquent que, d'après les statistiques de la Société des Auteurs, « les soirs où Sarah Bernhardt faisait 8 000 francs de recettes dans son théâtre, Lucien Guitry, 6 500 francs, le Pétomane, lui, atteignait les 20 000 ».

Messe

1911. Pétain est colonel au 33e régiment d'infanterie à Arras. La vague d'anticléricalisme du petit père Combes bat son plein. Pétain reçoit une note du ministère de la Guerre lui demandant d'indiquer ceux de ses officiers de son régiment qui vont à la messe.

Très choqué par l'aspect inquisitorial de la demande et alors qu'il est lui-même agnostique, Pétain répond :

« Je vais moi-même à la messe tous les dimanches. Je m'assieds au premier rang et je ne me retourne jamais. »

(BERNARD DE FALLOIS)

Métro

L'adjudant chef Legrand (c'est Jean Nohain) de la Division Leclerc participe en août 44 à bord de son char *Champs-Élysées* aux combats engagés pour la Libération de Paris.
Les blindés progressent au hasard, dans la banlieue, du côté d'Antony. Il est tard. Le jour tombe. Tout d'un coup, à bord du char, un garçon s'écrie : « Le métro ! » Après des mois de campagne, Nohain et ses hommes viennent d'arriver devant leur première bouche de métro. Comme ils sont tous des parigots, c'est pour eux un moment d'intense émotion. On se félicite. On s'embrasse. On décide que, pour ce soir, on n'ira pas plus loin. On s'installe pour la nuit au coin d'une rue et d'une place.
En face, les tireurs allemands se sont mis à l'abri dans les escaliers de l'autre sortie de la station. On les a repérés. Ils ne bougent pas. Les « Leclerc » non plus. Le front pour cette nuit passe par cette place de la banlieue dont les habitants sont calfeutrés chez eux, toutes portes et tous volets fermés.
À l'aube, c'est le grand calme. Des deux côtés, on se planque toujours.
Soudain, au coin de la place une porte s'ouvre. Un homme apparaît. Un habitant de l'immeuble. Il va sortir. On lui crie :
« On ne passe pas ! »
Il agite une carte au bout de son bras et crie :
« Employé du gaz ! »
Il fait un pas. Une balle siffle. Il tombe. Mort. Sa carte de priorité à la main.

(JEAN NOHAIN)

Michel-Ange

Le critique romain Ariotti, l'ennemi de Michel-Ange, découvre, furieux, que dans sa fresque du *Jugement dernier*, sur le mur de la Chapelle Sixtine, le peintre l'a représenté parmi les damnés des enfers. Il demande aussitôt une audience au pape Paul III Farnèse, auprès de qui il se plaint de l'initiative de Michel-Ange et insiste pour que la tête du personnage soit modifiée.
Le pape lui répond :
« S'il t'avait mis dans le purgatoire, je pourrais encore quelque chose pour toi. Mais dans les enfers, je n'ai plus aucun pouvoir. »

Modèle

Forain assiste au mariage d'un de ses amis, Dubois, peintre comme lui. Dubois épouse la jeune femme qui dans son atelier pose pour les nus.
À la sortie de l'église, Forain le félicite, le complimente sur le choix de son épouse et ajoute :
« Ça lui va très bien aussi, dis donc, d'être habillée. »

Modiste

Caroline Reboux est, dans les années 1910, la première modiste de Paris. Elle tient boutique au carrefour le plus élégant de la capitale, celui où se croisent le Faubourg Saint-Honoré et la rue Boissy-d'Anglas.
Un jour, entre une dame riche qui choisit le plus beau chapeau du magasin, en demande le prix :

« Quarante francs, lui répond-on.
— Quarante francs. Mais c'est de la folie. Quarante francs pour quoi ? Quatre sous de paille, deux sous de ruban, un sou de tissu… »
Caroline Reboux prend le chapeau, le démonte complètement, aligne côte à côte la paille, le tissu et le ruban, enveloppe le tout en vrac et le tend à sa cliente en lui disant :
« Voilà, madame, c'est sept sous. »

(JEAN NOHAIN)

Monocle

À l'époque de ses débuts parisiens où Paul Valéry fréquentait comme un forcené tous les salons mondains de Paris, il avait mis au point un exercice qui faisait toujours son effet : il réussissait à faire tomber son monocle directement dans le gousset de son gilet d'un simple mouvement de paupière.

(RENÉ HUYGHE)

Monseigneur

Un jour où Alphonse Allais se trouve à l'imprimerie de son journal, le metteur en pages vient lui dire que son article est trop court d'une dizaine de lignes. Alors, en post-scriptum, il ajoute aussitôt :
« Je trouve dans mon courrier une lettre signée de Monseigneur l'archevêque de Paris. J'ai tout lieu de la tenir pour apocryphe. Elle est en effet écrite sur du papier à en-tête de la taverne Pousset, endroit bien connu comme étant de ceux que fréquente rarement Son Éminence. »

Monte-Cristo

Un voyageur inconnu arrive au château d'If. Le guide de service, un Marseillais bavard, lui fait visiter la forteresse, le promène tout au long des couloirs, des cellules. Quand il arrive devant le « trou » de l'abbé Faria :
« Voyez ce trou, monsieur, c'est à partir de ce trou que M. Alexandre Dumas a écrit toute son histoire sur Monte-Cristo. Et ce trou, c'est moi qui le lui ai montré !
— Vous le connaissez personnellement, monsieur Alexandre Dumas ?
— Pardi. Ça, il en a passé des heures ici à regarder ce trou, à prendre des notes. Il me questionnait. Il y a beaucoup de choses dans son livre que c'est moi qui les lui ai dites, et chaque fois qu'il vient à Marseille, il me demande…
— Eh bien, bravo, monsieur ! »
Le voyageur prend congé. C'était Alexandre Dumas.

Montparnasse

Modigliani qui habite rue Vavin rencontre à Montparnasse Utrillo descendu de Montmartre. Ils boivent le verre de l'amitié, puis deux, puis d'autres. Utrillo dit alors à son compagnon :
« Modi, tu es le plus grand peintre vivant.
— Non, répond Modigliani, le plus grand peintre vivant, c'est toi. »
Et pour régler ce point de suprématie, ils se battent comme des chiffonniers. Jusqu'à ce que des agents,

appelés au secours, les emmènent cuver leur vin au poste de police.

(MICHEL GEORGES MICHEL)

Mont-Saint-Michel

1932. Il n'y a dans Paris qu'un seul journal du soir populaire, *L'Intransigeant,* que dirige Léon Bailby. Jean Prouvost, lainier du Nord, veut alors lancer son *Paris-Soir* pour lequel il a des idées très précises. Il ne veut pas le faire sans avoir auparavant rendu une visite de courtoisie à Léon Bailby qui accepte de la recevoir et le fait asseoir dans un fauteuil à quinze mètres de lui.

Prouvost explique alors longuement son projet. Quand il a fini, après un long moment de silence, Bailby demande à Prouvost :

« Connaissez-vous le Mont-Saint-Michel ? »

L'autre ne comprend pas, pense que son interlocuteur a mal compris le sens de ses paroles. Il les reprend, les résumant. Bailby le coupe :

« Connaissez-vous le Mont-Saint-Michel ? » répète-t-il ?

Prouvost – irrité – commence :

« Oui, monsieur. Mais…

— Sachez, monsieur, que le Mont-Saint-Michel, élevé sur le seul endroit de la planète où le roc émerge du milieu des sables, est un phénomène géologique unique. Il ne peut y avoir qu'un Mont-Saint-Michel sur la terre. Il ne peut y avoir qu'un seul journal du soir à Paris : *L'Intransigeant.* »

Six mois plus tard, Prouvost lance *Paris-Soir.*

Six mois plus tard, *Paris-Soir* vend deux fois plus d'exemplaires que *L'Intransigeant.*

Six mois plus tard, *L'Intransigeant* voit sa diffusion baisser à 10 % de son chiffre d'origine.
Six mois plus tard, Prouvost rachète *L'Intransigeant*.

Morue

Paul Ramadier, Président du Conseil, reçoit à déjeuner chez lui dans sa maison de Capdenac, le journaliste Jean Ferniot dont il sait qu'il est un fin gastronome. Il lui sert un plat de morue qu'il a préparé lui-même. Excellent : Ferniot le félicite.
« Le problème principal avec la morue, explique Ramadier, c'est de la dessaler.
— En effet, dit Ferniot.
— Moi, poursuit Ramadier, j'ai mon truc à moi pour dessaler la morue.
— On peut le connaître ?
— Oui. Je la suspends dans la chasse d'eau. »

(JEAN FERNIOT)

Moscou

Engagé à la Comédie-Française en 1943, Raimu apprend que, selon le règlement de la maison, il doit prendre à sa charge la décoration de sa loge, la faire repeindre à ses frais, la meubler. Il pique aussitôt une grande colère. Il dit à Paul Olivier, son agent :
« Tu diras de ma part à ces messieurs que depuis que je fais du théâtre, chez M. Volterra au Théâtre de Paris, chez M. Alibert aux Variétés, on a toujours meublé les loges qu'on m'attribuait, et qu'on ne m'a jamais demandé de les repeindre. »

Paul Olivier, pour le calmer, lui dit que c'est l'usage, chez Molière. Il ajoute :
« Je crois que c'est dans le décret de Moscou.
— Quel décret de Moscou ? Tu le connais toi, le décret de Moscou ? Et puis d'abord, c'est pas moi qui l'ai signé ton décret de Moscou. »

(Paul Olivier)

Mouche

Le jeune Bourvil débute dans une troupe d'amateurs qui, le samedi soir et le dimanche, va chanter son répertoire dans les cafés de village de Normandie. C'est généralement le billard de l'établissement qui leur sert de scène. Le patron du bistrot ne les paye pas. Les artistes ne reçoivent comme cachet que le rapport de la quête. Chacun d'eux – après son numéro – va dans la salle, une assiette à la main (une assiette pour que personne n'ose y mettre un bouton de culotte). À la fin de la séance, tout est mis en commun et partagé entre les artistes.
« Comme la confiance ne régnait pas, raconte Bourvil, nous faisions la quête “à la mouche”. Quand l'un de nous partait dans l'assistance tenant son assiette dans la main droite, on lui plaçait dans la main gauche une mouche vivante qu'il devait garder prisonnière dans son poing fermé. La quête finie, au moment où il versait l'argent ramassé dans la caisse commune, il ouvrait la main et la mouche s'envolait. Ainsi, on était sûr qu'il n'avait pas piqué quelques sous pour les mettre dans sa poche. »

(Fernand Raynaud)

Musée Grévin

Au Musée Grévin, dans la série « Les grands moments de l'Histoire de France », la composition qui retient le plus longtemps les visiteurs est la reconstitution avec des personnages de cire (d'après le célèbre tableau de Delaroche) de *L'Assassinat du duc de Guise* dans le château de Blois.

Après l'avoir longuement regardé, les visiteurs en partant, disent (d'après le guide) :

« C'est bien lui. »

N

Napolitain

Tous les après-midi, vers 18 heures au *Napolitain*, le célèbre café des boulevards, Courteline retrouve ses amis Georges Auriol, Alphonse Allais, Ernest Lajeunesse et d'autres. Chaque fois que l'un d'eux s'en va pour rentrer chez lui, ceux qui restent racontent sur lui les pires horreurs.
Un jour, il ne reste plus avec lui que Lajeunesse qui, se levant pour partir, lui dit :
« Je ne suis pas mécontent de vous laisser seul. Au moins, vous ne pourrez pas dire du mal de moi. »
Il s'éloigne en ricanant bêtement. Alors Courteline appelle le garçon.
« Vous voyez, lui dit-il, ce monsieur qui s'en va. C'est un con ! »

(Claude Dauphin)

Nègre

Alexandre Dumas donne trois feuilletons, en même temps à trois quotidiens. Pour cela, il fait travailler des nègres dont l'un, en qui il a entièrement confiance, apporte lui même sa copie chaque jour au *Moniteur*, sans la lui soumettre.

Une nuit où il s'est attardé avec des amis, Dumas rentre chez lui vers quatre heures du matin et il trouve, assise sur son palier, une femme en larmes. C'est la femme de son nègre. Son mari est mort subitement au milieu de l'après-midi sans avoir livré le chapitre du jour au journal. Depuis, elle cherche Dumas partout sans le trouver.
Celui-ci s'affole. Puis à la réflexion, il se demande pourquoi les gens du *Moniteur*, n'ayant pas sa copie, n'ont pas réagi. Il téléphone au *Moniteur*. Il trouve un secrétaire de rédaction très calme. La copie a été apportée : le nègre avait lui-même un nègre.

(RENÉ BARJAVEL)

Nijinski

Billy Wilder propose à Sam Goldwyn de réaliser un film sur Nijinski, le plus grand danseur de tous les temps.
Il raconte à Goldwyn comment la première fois qu'il a vu danser Nijinski, fils d'un paysan pauvre, le célébrissime Diaghilev en est tombé amoureux fou.
« Comment, demande Goldwyn. C'était une femme ? Diaghilev ?
— Pas du tout ! C'était un homme.
— Un homosexuel alors ?
— Voilà ! Ce que je veux raconter, c'est l'histoire d'un amour unique, admirable... Comment Nijinski, à l'apogée de son art et au sommet de la gloire, est tombé dans la folie. Interné dans un asile, il se prenait pour un cheval et il lui arrivait d'aller caracoler dans le jardin.
— Quoi ? un cheval pédé qui caracole. Et vous voudriez que nous tournions ça ? »

Billy Wilder n'insiste pas, s'en va.
« J'ai une idée pour une *happy end*, lui crie Goldwyn. Votre Nijinski, on lui fait gagner le Prix de l'Arc de Triomphe. »

(BILLY WILDER)

Noces

Quand Sacha Guitry se marie pour la première fois le 14 août 1907 à Honfleur, il épouse Charlotte Lysès avec qui il vit dans une très belle maison du pays, *New Cottage*. Afin que le maire de la ville accepte de venir les marier chez eux, il lui a dit que Charlotte, très malade, ne peut pas quitter son lit. On les marie donc à la maison. Charlotte Lysès est couchée. À la minute où ils ont tous les deux dit « oui », elle saute de son lit pour une joyeuse sarabande.
Quand Sacha Guitry se marie pour la deuxième fois le 10 avril 1919, à la mairie du XVIe arrondissement à Paris, il épouse Yvonne Printemps et leurs témoins doivent être Sarah Bernhardt et Georges Feydeau, mais ce dernier s'étant trompé de mairie, on le remplace, au dernier moment, par l'éditeur Eugène Fasquelle.
Quand Sacha Guitry se marie pour la troisième fois à Paris le 21 février 1936, il épouse Jacqueline Delubac. En secret. Aux amis qu'il a invités pour un déjeuner sous prétexte que c'est son anniversaire, il annonce : « J'ai aujourd'hui cinquante ans. Elle en a vingt-cinq. Il est donc normal qu'elle soit ma moitié. »
Quand Sacha Guitry se marie pour la quatrième fois le 5 juillet 1939 au château de Ternay, il épouse Geneviève de Séreville qui a trente-cinq ans de

moins que lui. Charlotte Lysès dit : « La prochaine fois, il épousera Shirley Temple. »
Quand Sacha Guitry se marie pour la cinquième fois, le 25 novembre 1949 à Paris, il épouse Lana Marconi et lui dit : « Les autres ont été mes femmes. Vous serez ma veuve. Vos belles mains me fermeront les yeux et fouilleront dans mes tiroirs. »

Noir

Fin 1944, à Naples envahi par les soldats américains. Rossellini tourne dans un quartier de la ville aux trois quarts démoli par les bombardements de la Libération. Un dimanche il voit, sur une place, une pauvre baraque foraine devant laquelle des gens font la queue. Il demande ce qu'on y vend.
« Rien ! » lui répond-on.
On lui explique alors que, quelques semaines plus tôt, une jeune femme italienne du quartier, mariée à un ouvrier italien, a mis au monde un enfant noir. L'événement a fait scandale. Tout Naples ne parlait que de ça.
« Alors, explique-t-on à Rossellini, le mari a installé cette baraque et, le dimanche, il fait payer les badauds pour voir le bébé. »
En effet, il y a foule.
Quelques jours plus tard, la baraque a disparu. Rossellini demande pourquoi :
« Le curé du quartier, lui dit-on, a très mal pris la chose. Il a convoqué le mari pour l'engueuler. Sévèrement : "Tu n'as pas honte, lui a-t-il dit, de faire payer pour faire voir à tout le monde que tu as été cocu ?" Et savez-vous ce qu'il lui a répondu, le mari

au curé : Il lui a dit : “Mais, monsieur le Curé, ce petit, le soir, on le lave.” »

(ROBERTO ROSSELLINI)

Nom

Au cours d’un séjour en Afrique du Nord, André Gide a eu une aventure homosexuelle avec un jeune garçon arabe. Au moment de le quitter, il lui dit :
« Tu pourras dire partout que tu as fait l’amour avec le plus grand écrivain français. Rappelle-toi bien mon nom : Mauriac. »

Noyade

Diderot est venu rendre visite, à Montmorency, à Jean-Jacques Rousseau. Les deux hommes, qu’on croit très amis, se détestent. Au cours d’une promenade ils longent un étang. Rousseau se laisse aller à une confidence :
« Voilà l’endroit où j’ai été tenté vingt fois de me jeter pour en finir avec la vie.
— Pourquoi ne l’avez-vous pas fait ? » lui demande froidement Diderot.
Rousseau, surpris par la méchanceté de la question, hésite, puis :
« J’ai trempé ma main dans l’eau et je l’ai trouvée trop froide. »

O

Oiseau-lyre

Gaston Bonheur est directeur de *Paris-Match.* Jean Prouvost, qui en est le patron et qui a toujours très bien payé ses journalistes, les meilleurs de l'époque, lui demande – les temps étant devenus difficiles – de réduire les frais de la rédaction, de mieux contrôler les dépenses, de revoir peut-être à la baisse les salaires des stars de la maison.
À quoi Bonheur répond :
« Patron, les oiseaux-lyres ne chantent que dans les cages dorées. »

Omnibus

Dans les omnibus à chevaux du début du siècle, les couloirs intérieurs étaient très étroits. Le receveur ne s'y aventurait jamais. Il restait sur la plate-forme. Ceux qui s'asseyaient au fond de la voiture lui faisaient parvenir le prix de leur place par les autres voyageurs qui se le passaient de main en main, et c'est de la même façon familière qu'il leur renvoyait leur billet et, le cas échéant, leur monnaie.

Henri Monnier, faisant ainsi passer la monnaie, s'amusait quelquefois à y rajouter une pièce de cinquante centimes.
Quand billets et monnaie arrivaient à leur destinataire, celui-ci vérifiait son compte et s'apercevant – croyait-il – que le receveur s'était trompé à son avantage, empochait en vitesse le tout en regardant ailleurs.
L'air que prenait le voyageur en commettant cette petite malhonnêteté était pour Monnier un spectacle qui le remboursait de ses cinquante centimes.

O.N.U.

Christopher Soames, gendre de Churchill, est un adversaire résolu de la politique travailliste de décolonisation suivie par le Premier ministre travailliste Sir Samuel Hoare.
Dans une salle de l'O.N.U. à New York, il aperçoit Sir Samuel Hoare entouré de quarante ambassadeurs des pays africains, tous noirs.
Soames va vers lui la main tendue et lui dit :
« Doctor Livingstone ! I presume. »

Opération

Le 24 juin 1951, Sacha Guitry est opéré à l'Hôpital américain de Neuilly par le professeur Gaudart D'Allaines. L'intervention dure trois heures et nécessite trois transfusions de sang.
À son réveil, il aperçoit le chirurgien à son chevet :
« Ah, cher ami, lui dit Sacha, j'ai failli vous perdre. »

Opinion

Parmi les habitués du salon de la princesse Mathilde, il y avait un député, M. de La Guerronnière, qui, soucieux de ne se fâcher avec personne, était toujours de l'avis du dernier qui avait parlé.
La princesse Malthide lui dit un jour :
« Vous avez toutes les opinions, monsieur, hormis la vôtre. »

(PIRON)

Orateur

Un journaliste politique dit à Edgar Faure à propos de la Chambre des Députés :
« En somme, il n'y a, dans cette Assemblée, que deux véritables orateurs.
— Et quel est l'autre ? » demande Edgar Faure.

(JEAN FERNIOT)

Ordinateur

Herr Dietrich, directeur général du gaz de Stuttgart, a fait mettre sur ordinateur tous les services de la compagnie : le contrôle des compteurs, les facturations, les encaissements, les poursuites en cas de non-paiement, etc.
Il part en vacances en France du 25 juillet aux premiers jours de septembre. Il reçoit quelques jours plus tard une lettre de sa compagnie :
« Monsieur, votre consommation de gaz pour le mois d'août a été de 00 m^3, et votre facture pour cette période s'élève en conséquence à 00 deutschemark… »

« Ça marche très bien », conclut Herr Dietrich qui reçoit de sa compagnie quelques jours plus tard une seconde lettre lui précisant :
« Vous n'avez pas encore réglé les 00 deutschemark que vous devez pour votre consommation du mois d'août. Si vous ne nous réglez pas d'ici dix jours on vous coupe le gaz. »

(PIERRE GAXOTTE)

Oreille

Deng Ziao Ping, en désaccord avec Mao Tsé-Toung pendant les dernières années de la vie de celui-ci, se plaçait toujours à table à la gauche du grand Timonier dans les dîners officiels. Tous les assistants savaient qu'il était sourd de l'oreille droite et Ziao Ping montrait par là qu'il ne voulait plus rien entendre de Mao.

Oreste

Après la première de sa pièce *Oreste*, Voltaire reçoit une lettre de quatre pages de critiques envoyée par Mme de Luxembourg.
Il lui répond :
« Madame, on n'écrit pas Oreste avec un H. »

Ouah !

Rameau, dans un salon, se lève tout d'un coup de sa chaise, saisit le petit chien qu'une dame a sur les genoux et le jette par la fenêtre.
« Mais enfin, monsieur ! s'écrie la dame outrée.
— Il aboie faux », répond Rameau.

Oubli

Marcel Pagnol boit un verre à la cantine du studio. Une starlette se désole :
« J'ai couché avec le metteur en scène, dit-elle. J'ai couché avec la vedette. J'ai couché avec l'auteur. Avec le producteur. Avec le chef opérateur et j'ai même pas mon nom sur l'affiche. »
Alors Pagnol :
« Tu as oublié l'imprimeur. »

Outre-tombe

Pendant vingt ans, Paul Claudel et André Gide ont échangé une importante correspondance que Gallimard a publiée en volume, un gros volume.
Quelques jours après la mort de Gide (1951), Claudel reçoit un télégramme ainsi libellé :
ENFER N'EXISTE PAS. STOP. PRÉVENEZ MAURIAC. SIGNÉ : ANDRÉ GIDE.
On n'a jamais su exactement qui l'avait envoyé. Les soupçons les plus insistants désignèrent Roger Nimier.

P

Palmarès

Le dessinateur Chaval est l'auteur d'un film d'animation intitulé *Les Oiseaux sont des cons* qui reçoit le Grand Prix d'une compétition organisée à Cannes par FR 3 dont le président est alors M. Contamine. Au moment de la lecture du palmarès, le président lit :
« Premier Prix Chaval pour son film *Les Oiseaux sont des... des... des oiseaux.* »
Chaval, invité à prendre la parole, commence :
« Monsieur Oiseautamine, je vous remercie... »

(André Frédérique)

Panique

Comme Michel Debré, ministre du général de Gaulle, dément souvent les informations que publie *Le Canard enchaîné*, celui-ci paraît avec cette manchette « Debré dément ». Et dans les numéros suivants, les caricaturistes le représentent toujours coiffé d'un entonnoir en guise de couvre-chef.
Quelques semaines plus tard, Michel Debré qui est député de La Réunion rentre à Paris à bord de son

avion spécial. Il n'y a que trois personnes à bord. Lui-même, son attaché de presse et le pilote. On a décollé depuis une heure quand Debré aperçoit parmi les bagages un étrange colis cartonné qui n'appartient à aucun des trois passagers.
Un mouvement de l'avion déséquilibre le colis qui tombe sur le plancher et on entend à l'intérieur un bruit métallique.
Panique à bord. Retour à l'aéroport de départ. On convoque la brigade antiterroriste. On descend le colis à terre avec d'infinies précautions. On l'ouvre. À l'intérieur, on trouve un entonnoir.

Panne

Annabella va jouer à Broadway, avec Claude Dauphin, l'adaptation américaine de la pièce de Sartre *Huis-Clos* dans une mise en scène de John Huston.
La veille de la générale, le comédien inconnu qui joue le rôle de garçon d'étage – une panne (trois répliques) – tombe malade. Par qui le remplacer ?
« Par moi, dit une voix dans la salle. Je sais le rôle par cœur. »
C'est Tyrone Power, mari d'Annabella, très amoureux de sa femme qui n'a pas raté une seule répétition.
Ainsi le personnage, très, très secondaire de la pièce de Sartre, est créé à Broadway par celui qui est alors la vedette la mieux payée d'Hollywood.

(ANNABELLA)

Paradis

Après la mort de William Wyler, Billy Wilder imagine ainsi l'arrivée de son ami au paradis.
Wyler est accueilli très chaleureusement par saint Pierre qui lui dit :
« Nous t'attendions. Le Père éternel compte sur toi pour réaliser ici le plus grand film jamais tourné. Nous avons toute une équipe à ta disposition. C'est Shakespeare qui écrit le scénario. C'est la Duse qui joue le rôle principal. Mozart compose la musique. Michel-Ange peint les décors et le producteur, c'est Crésus. Tu peux choisir qui tu veux dans les quatre mille dernières années. Tu peux commencer demain matin… Ah un problème… Le chef connaît une petite débutante, jeune, jolie, douée… »

Parapluie

À Gus Bofa qui, dans une critique littéraire, avait éreinté *Le Fleuve de feu* de Mauriac, écrivant que ce n'était pas un fleuve, mais tout juste « une petite pluie fine », Mauriac avait envoyé son livre suivant avec cette dédicace : *À Gus Bofa, pour lire sous un parapluie.*

Pari

Piron a engagé avec Voltaire un pari : gagnera celui qui écrira à l'autre en latin la lettre la plus courte.
Quelques jours plus tard, Voltaire écrit à Piron :
Eo rus. (Je vais à la campagne.)
À quoi Piron répond (toujours en latin) :
I. (Vas-y.)

Robert de Flers déjeune au restaurant avec quelques amis et un pari s'engage entre eux à propos d'un couple installé à une table voisine, et qui a l'air très, très amoureux. Sont-ils ou non mariés ?
Soudain, Flers tranche :
« Ils sont mariés ! Il vérifie l'addition ! »

Marcel Aymé dîne chez des amis. Une invitée lui dit :
« Monsieur Marcel Aymé, tout le monde sait que vous n'êtes pas bavard. J'ai parié que vous me diriez au moins quatre mots.
— Vous avez perdu. »

Paris-Match

Directeur de la rédaction de *Paris-Match*, Roger Thérond réunit tous les mercredis, en fin de matinée, une conférence des chefs de service de la rédaction pour faire la critique du nouveau numéro.
Installé à la grande table, tous les autres étant assis en face de lui, il feuillette le journal, s'arrête à la page des échos politiques dont personne n'est content et, profitant de l'absence de Robert Jansen, le responsable de la page, il vide son sac :
« C'est mauvais, dit-il. Très mauvais. Il n'y a rien à faire, Jansen est un con ! Mais le patron tient à lui. Il n'est pas question de lui faire de la peine. Il est tellement con, Jansen, qu'il ne s'aperçoit même pas que tout ce qu'il fait, c'est de la m… »
Soudain il voit les visages des assistants se figer. Il comprend qu'il se passe quelque chose. Pendant qu'il parlait, Jansen est entré par une porte, derrière lui, et devant l'avalanche d'injures, est reparti.
« Il était là, dit-on à Thérond. Il a tout entendu. »

Alors Thérond :
« Je ne suis pas mécontent de le lui avoir dit en face ! »

(MAURICE CROIZARD)

Partisans

Au printemps 45, Jacques Charon part en tournée pour la Comédie-Française avec Sylvia Montfort, nouvelle recrue de la maison. À leur programme un « Spectacle Feydeau » qui commence par *Feu la mère de Madame.*

On en connaît l'argument. Au lever du rideau, il est trois heures du matin. Madame éveillée dans son lit attend le retour de son mari Lucien qui est allé sans elle au bal des Quatzart. C'est un bal costumé. Lucien s'est déguisé en Louis XIV. On frappe à la porte de la chambre. C'est Lucien bien sûr. Madame doit dire « voilà », se lever et aller lui ouvrir.

La troupe donne sa première représentation à Chartres, où la salle est entièrement louée. Cela n'est pas étonnant. Dans la Résistance, Sylvia Montfort était colonel des F.F.I. de la région.

Quand Charon se présente pour son entrée, il frappe à la porte. Sylvia Montfort ne répond pas. Il frappe plus fort. Toujours rien. Par un trou dans le décor il regarde ce qui se passe sur la scène. Et que voit-il ? Sylvia Montfort a sauté du lit dans une chemise transparente qui la fait apparaître nue dans le feu des projecteurs. Elle est figée dans un garde à vous impeccable. Elle fait le salut militaire et dans la salle quatre cents anciens F.F.I. chantent en chœur *Le Chant des Partisans.*

(JÉRÔME HULLOT)

Pasteur

Au théâtre du Vaudeville, Lucien Guitry joue le rôle de Pasteur dans la pièce de son fils.
Chaque soir, à son entrée en scène, la salle tout entière pousse un « Ah ! » d'admiration. Lucien a réussi à se faire la tête du grand savant d'une façon saisissante. Pour se grimer ainsi, dit-on, il a placé, à côté du miroir de sa table de maquillage, une photographie en gros plan de Pasteur auquel il se réfère constamment.
Un journaliste mexicain lui demande – pour la raconter dans son journal – d'assister à cette métamorphose quotidienne. Guitry est d'accord. Tout au long de son maquillage en effet, il se guide sur le portrait fixé au mur. La tête finie, le reporter regarde le portrait, regarde Guitry et s'écrie fasciné :
« C'est formidable !
— C'est formidable oui, lui répond Lucien Guitry, c'est d'autant plus formidable que, ce gros plan sur le mur, ce n'est pas du tout un portrait de Pasteur, mais une photographie de moi, dans Pasteur. »

Patronyme

Feydeau qui se promène sur les boulevards en compagnie de son ami Desvallière rencontre quelqu'un qu'il connaît, avec qui il s'arrête pour bavarder un instant, puis rejoint Desvallière qui a continué sa promenade et qui lui demande :
« Qui c'est, ce type ?
— Mon Dieu, répond Feydeau, je ne sais pas son nom et je le connais depuis trop longtemps pour le lui demander. »

Pauvre

En sortant du *Figaro*, Alfred Capus, qui est le rédacteur en chef du journal, fait l'aumône tous les jours à un pauvre, toujours le même, posté au même coin de rue. Il lui donne à chaque fois un franc. Un soir, fouillant ses poches, il ne trouve qu'une pièce de cinq sous. Qu'il lui donne.
« Oh ! » fait le pauvre, déçu.
Alors Capus :
« Vous les donnerez à un pauvre. »

(LOUIS-GABRIEL ROBINET)

Pelisse

François Mauriac arrive à une réception en même temps que Daniel-Rops, que le succès de ses ouvrages, tous d'inspiration religieuse, a enrichi. Daniel-Rops porte une pelisse de fourrure somptueuse et visiblement très chère. Mauriac en caresse la manche et, tout bas :
« Doux Jésus ! »

Pénitence

La Restauration a rendu au culte l'église Sainte-Geneviève dont les révolutionnaires avaient fait le Panthéon et où sont ensevelis dans la crypte les restes de Voltaire.
Les ultras font une démarche auprès de Louis XVIII pour qu'ils en soient expulsés. Louis XVIII refuse :
« Qu'on le laisse là, dit le Roi, il est bien assez puni d'entendre dire la messe tous les matins. »

Percepteur

Écrivain français d'origine italienne, Jean Noli se fait habiller à Rome par Ezio, tailleur en appartement. Ezio est toujours vêtu avec recherche. Ses complets sont toujours coupés dans les flanelles anglaises les plus raffinées, ses chemises dans les popelines les plus fines, ses souliers dans les cuirs les plus beaux.

Un matin, arrivant à Rome, Noli croise son ami Ezio. Il est méconnaissable. Il porte un complet tout froissé, élimé, des chaussures éculées. Il a une tache sur sa chemise.

« Oh Ezio, qu'est-ce qui t'arrive ? s'inquiète Noli.

— Rien.

— Comment rien ? Mais tu as vu à quel état tu es réduit ? Ton costume ? Ta chemise ? Tes souliers ?

— Ah ça ? C'est mon accoutrement chaque fois que je suis convoqué chez mon percepteur. »

(JEAN NOLI)

Père-Lachaise

Robert de Flers est mort à Vittel. On doit l'enterrer au cimetière du Père-Lachaise à Paris où ses amis attendent, devant l'entrée, l'arrivée du fourgon qui ramène son corps. Parmi eux, Franc-Nohain et Lucien Rigaux (le père de Jean). L'heure passe. On ne voit rien arriver. Franc-Nohain interroge l'ordonnateur des Pompes funèbres qui consulte sa montre :

« Ils devraient être ici dans dix minutes », précise-t-il, ajoutant :

« S'ils ne s'amusent pas en route. »

(JEAN RIGAUX)

Pershing

Le 8 juillet 1944, Roosevelt, de passage à Londres, va rendre visite au général Pershing, qui commanda en 1917 le corps expéditionnaire américain en Europe et qui, âgé, malade, vit dans un hôpital de la capitale anglaise.
De Gaulle accompagne le Président américain.
Le général Pershing, qui perd un peu la tête, lui demande soudain :
« Et comment va le maréchal Pétain ?
— Ma foi, répond de Gaulle, il y a quelque temps que je ne l'ai pas vu. »

Personnage

Lucien Guitry reçoit la visite d'un auteur qu'il n'aime pas venu lui proposer de jouer le personnage principal de la pièce qu'il est en train d'écrire – « pour lui », précise-t-il –, offre que Lucien a la ferme intention de refuser.
« Je vais faire de vous, lui dit son visiteur, un Parisien, vrai fanfaron et galant homme, mauvaise tête et bon cœur, grand trousseur de jupons et professant bien haut le respect dc la femme, pratiquant le sarcasme, mais bon, généreux, sincère… »
L'auteur parle ainsi de son héros pendant un bon quart d'heure d'horloge.
« Va-t-il finir ? » se demande Lucien.
Oui. Il finit, puis regardant le comédien, après un silence :
« Eh bien, cher ami, cela vous irait, hein, ce personnage ? »

Lucien Guitry, qui ne sait pas comment se débarrasser de lui, demande, après d'infinies précautions :
« Je peux vous poser une question ? Me répondrez-vous franchement ?
— Je m'y engage.
— Votre Parisien ? Est-ce un homme intelligent ?
— Très intelligent.
— Alors, rien à faire.
— Pourquoi ?
— Parce que, dit Lucien avec force, actuellement, je veux jouer un cul.
— Un quoi ?
— Un CUL !
— Un Q ?
— Un cul… oui un cul… C-U-L. Alors, dites-moi, est-ce que votre personnage est un cul ? Non ! Alors je ne le joue pas.
— Évidemment, constate l'auteur avec une honnêteté embuée de regrets, ce n'est pas un cul. »
Il répète :
« Non, non, c'est vrai, ce n'est pas un cul. »
Il ne part pas. Réfléchit. Puis, quand il a jugé que sa réflexion a assez duré, qu'il a eu le temps d'examiner à fond le personnage qu'il voudrait tellement voir interpréter par Lucien Guitry.
« Entendons-nous bien sur mon bonhomme, dit-il. Je vous ai dit que ce n'était pas un cul… Attendez… Attendez… »
Il pense fortement, puis très résolument, il déclare :
« Eh bien si, au fait, c'est un cul… C'est un cul d'un genre très particulier, mais il faut le dire. C'est un cul. Et quel cul ! »

(LUCIEN GUITRY)

Perte

Un ami de Piron vient lui annoncer la fausse nouvelle de la mort de Voltaire. Piron s'agite, se lève de son fauteuil, s'écrie :
« Ah, quelle perte ! C'était bien le plus bel esprit de France ! »
Et il ajoute :
« Au moins, mon ami, vous me garantissez la nouvelle ? »

Petite amie

Son ami Henri Lavedan a engagé, pour jouer le personnage principal de sa nouvelle pièce, une comédienne sans talent.
Alfred Capus s'en étonne :
« Pourquoi, demande-t-il à Lavedan, avoir donné le rôle à cette fille ?
— Parce que c'est la petite amie de mon directeur.
— Alors, ce n'est pas assez expliqué au premier acte. »

Pharmacien

Octave Mirbeau invite à dîner un ami médecin pour le lendemain. Celui-ci n'est pas libre ce soir-là et promet de lui écrire incessamment pour lui dire quel jour il pourra venir. En effet, Mirbeau reçoit quarante-huit heures plus tard un pneumatique, mais l'écriture en est illisible. Il n'arrive pas à la lire. Il a alors l'idée d'aller demander son aide au pharmacien voisin. Les pharmaciens, alors, avaient la réputation de savoir déchiffrer les écritures impossibles des médecins.

Le pharmacien prend le pneu, l'examine, ouvre une armoire, en retire un flacon qu'il tend à Mirbeau, et lui dit :

« C'est huit francs. »

Philatélie

À la foire aux timbres, dans les jardins des Champs-Élysées (1880), deux petits garçons de huit à dix ans, accompagnés de leurs bonnes respectives, sont tombés en arrêt, éblouis, devant six timbres du Pérou que le marchand ne veut pas détailler et pour lesquels il demande la somme considérable de huit francs. Les deux enfants ne se connaissent pas. L'un d'eux, Gaston, n'a sur lui que trois francs soixante-quinze. L'autre, Robert, est riche de quatre francs vingt-cinq.

« Monsieur, dit ce dernier à Gaston, on pourrait peut-être, en mettant notre argent en commun, acheter ces six timbres. Après quoi, on se les partagerait.

— Bonne idée, monsieur, répond Gaston, mais je dois vous signaler que je n'ai pour ma part que trois francs soixante-quinze.

— Cela ne fait rien, vous me devrez vingt-cinq centimes. Vingt-cinq centimes, ce n'est pas le Pérou. »

C'est ainsi que se rencontrent pour la première fois Robert de Flers et Gaston de Caillavet.

Vingt ans plus tard, tous les deux rédacteurs au *Figaro*, décideront de « Meilhacethalevyser ».

(FRANCIS DE CROISSET)

Phryné

Avocat, Tristan Bernard n'a plaidé qu'une fois, commis d'office pour la défense d'un exhibitionniste poursuivi pour attentat à la pudeur. À celui-ci, on a raconté l'histoire de Phryné, la courtisane athénienne d'une grande beauté (elle avait souvent servi de modèle à Praxitèle). Accusée d'impiété, elle passait en jugement devant le tribunal des Héliastes et allait être condamnée lorsque son avocat Hypéride, à court d'arguments pour la défendre, a l'idée de lui arracher sa tunique. Elle apparaît nue. Ses juges, désarmés par tant de beauté, l'ont alors acquittée.
Son client dit à Tristan Bernard :
« À l'audience, je fais pareil. Je me déshabille et je suis acquitté.
— Il n'en est pas question ! »
L'homme est condamné.
« C'est votre faute, hurle-t-il à Tristan Bernard, fallait pas m'empêcher de me foutre à poil ! »
Tristan Bernard renoncera vite au métier d'avocat.

(JEAN NOHAIN)

Piano

Sacha Guitry a acheté à l'Hôtel Drouot un billet manuscrit envoyé par George Sand à Pleyel, avec ces mots :
« Vite un piano. Chopin arrive. »

(ABBÉ MUGNIER)

Pierre

Sacha Guitry réclame à un directeur de théâtre – le plus mauvais payeur qu'on ait jamais connu – une somme qui lui est due.

« Mais enfin, lui dit Sacha, cet argent, vous me le devez.
— Je ne le conteste pas.
— Alors, payez-le-moi ! Tout de suite ! »
Le mauvais payeur – qui souffre de la pierre – fouille dans le gousset de son gilet, en sort une petite boulette de papier de soie qu'il déplie pour montrer ce qu'il contient : une pierre minuscule.
« Voilà, dit-il à Sacha, la petite pierre que j'ai faite ce matin en pissant. Eh bien, monsieur, j'estime que l'homme qui a souffert ce que j'ai souffert ne doit plus rien à personne ! »

Piloter

Darry Cowl rencontre Fernand Raynaud dans l'avion Paris-Nice où ils sont assis à quelques fauteuils de distance.
« Dis donc Darry, lui crie Fernand, tu as vraiment envie de piloter l'avion ?
— Oui, répond l'autre, criant lui aussi. Le pilote est un copain. Il est d'accord à condition que personne ne le sache. Je n'ai jamais piloté. »
Un moment se passe. Fernand crie à nouveau à son ami :
« Alors ? Tu les prends, ces commandes ?
Darry Cowl se lève :
« J'y vais », dit-il en se dirigeant vers la cabine de pilotage. Il y entre, en ressort et crie à Fernand :
« Ils sont d'accord. J'y vais. »
Et il redisparaît.
Le pilote, complice, imprime à l'appareil deux légers soubresauts.
Quand Darry Cowl revient à sa place, un voyageur fou de colère l'accroche par son veston.

« Monsieur, lui dit-il. Si j'avais vingt ans de moins, je vous aurais flanqué mon poing dans la figure.
« Écoutez. Je ne me suis trompé que deux fois. C'est tout. C'est parce que j'avais trop bu. »

Place

D'Argenson, réorganisateur de l'armée (1745), dit au comte de Selzbourg, qui est l'amant de sa femme :
« Il y a deux places qui vous conviendraient également : le gouvernement de la Bastille et celui des Invalides. Si je vous donne la Bastille, tout le monde dira que c'est moi qui vous y ai envoyé ; si je vous donne les Invalides, on croira que c'est ma femme. »

(CHAMFORT)

Plaidoirie

Maître Maurice Garçon est un jeune avocat dont Paris commence à parler. Dans une soirée mondaine, une jeune fille lui présente son album d'autographes en lui demandant d'y inscrire quelques lignes. Garçon, mal inspiré, écrit :
« Bon pour une plaidoirie » et signe.
Dix-huit ans plus tard, devenu une des lumières du barreau de Paris, il reçoit la visite d'un monsieur qui lui demande de l'assister dans un procès et qui, ses explications terminées, lui montre l'album sur lequel Garçon a écrit « Bon pour une plaidoirie ». C'est le mari de la jeune fille. Garçon fait honneur à sa signature et gagne le procès.

(PAUL LÉAUTAUD)

Plaisanterie

Mme du Deffand avait reçu dans son salon de la rue Saint-Dominique tous les grands écrivains du XVIIIe siècle : Montesquieu, Fontenelle, Marmontel, Marivaux.

Sur la fin de sa vie, devenue complètement aveugle, elle se flattait de reconnaître ses amis en leur palpant le visage. Elle ne se trompait jamais, ce dont elle était très fière.

Le célèbre historien anglais Edward Gibson passant par Paris demande à lui être présenté. Gibson, pour son malheur, est affligé d'une obésité maladive qui s'est développée principalement sur son visage. Il a des joues énormes, si rebondies que son nez se trouve presque enfoui dans une sorte de sillon. Mme du Deffand commence, à tâtons, à toucher le visage de son visiteur. Puis soudain, rouge d'indignation :

« Voilà, s'écrie-t-elle, une infâme plaisanterie. »

Plaquer

Lorsque Albaladejo jouait demi d'ouverture dans l'équipe de France et celle de Dax, celle-ci rencontrait chaque année, dans un match traditionnel, celle de Bagnères. Un jour, au cours d'un de ces matches, un adversaire, qu'il connaît bien, joueur moyen, le plaque et lui dit :

« Il y a quinze ans, chaque année, j'essaie de te plaquer comme ça. Tu m'as toujours échappé. Cette année, pour la première fois, j'ai réussi.

— J'ai compris ce jour-là, dit Albaladejo, que l'heure était venue pour moi de mettre fin à ma carrière de joueur. »

Poésie

Entre son départ de Matignon et son élection à la présidence de la République, Pompidou a mené une vie de Parisien mondain, fréquenté les boîtes de jazz, Saint-Germain-des-Prés, où il s'est fait des amis parmi les noctambules du quartier.
Le premier dimanche qui a suivi son entrée à l'Élysée, il les invite tous à un dîner amical.
Tous ceux qui, arrivant, lui disent, non pas : « Bonsoir, monsieur le Président », mais, plus familièrement « Bonsoir, Georges » ne seront plus jamais réinvités.

(JEAN BARSALOU)

Poète

Victor Hugo reçoit une lettre qui porte sur son enveloppe : « Au plus grand des poètes français. »
Il ne l'ouvre pas et la fait apporter à Lamartine. Celui-ci l'ouvre et lit :
« Mon cher Alfred de Vigny. »

Poireau

Edgar Faure, ministre de l'Agriculture, s'apprête à remettre la médaille du Mérite agricole – le poireau – à Walter Spanghero, capitaine de l'équipe de France de rugby qui vient de se couvrir de gloire. Une réception a été organisée à cette occasion. Tous les amis du décoré – Pierre Albaladejo, Roger Couderc, etc. – sont là.
Le ministre commence son speech :

« Messieurs, c'est aujourd'hui un grand jour...
À cet instant précis un huissier interrompt l'orateur pour lui dire quelques mots à l'oreille.
Edgar Faure reprend son discours et termine :
« Voilà pourquoi, monsieur Roger Couderc, je vous fais chevalier du Mérite agricole. »
Spanghero verdit. Couderc croit à une farce. Que s'est-il passé ?
Tout simplement, on est venu dire à l'oreille à Edgar Faure que Spanghero n'a que vingt-deux ans et qu'il faut en avoir vingt-trois pour recevoir la décoration en question.
« Je n'ai pas voulu, expliquait Edgar Faure, que cette médaille se perde. »

(CLAUDE GAGNIÈRE)

Poires

Pendant l'Occupation (1940-1944), certains quotidiens parisiens (*Le Figaro*, *Paris-Soir*, etc.) repliés à Lyon ne paraissent qu'en zone sud.
Prouvost, grand patron de *Paris-Soir*, s'est installé dans une maison aux environs de la ville. Un soir, dans son verger, il est en train de tailler ses poiriers quand il voit arriver un ami qu'il sait dans la Résistance. Celui-ci vient lui demander une participation financière pour aider l'action du maquis voisin. Il lui faut cinq millions. Prouvost, d'accord pour les lui donner, lui demande comment il saura que cette somme est bien arrivée à destination.
« Vous me donnez une phrase qui ne veut rien dire, répond l'ami, et vous l'entendrez parmi les messages personnels de l'émission "Les Français parlent aux Français" à la B.B.C. »

Prouvost resté sur l'échelle où il taille ses poiriers, regarde les premiers bourgeons apparus sur ceux-ci, et dit :
« Les poires seront bonnes cette année. »
Quelques jours après, en effet parmi les messages personnels, le speaker de la B.B.C. donne le sien :
« Les poires seront bonnes cette année. »
« J'ai pensé alors, dit Prouvost, que le mot poire était bien choisi. »

Pôle

Bernard Shaw, qui souffre souvent de migraine, rencontre le célèbre explorateur Nansen, retour de l'Arctique, à qui il demande :
« Est-ce que vous n'avez jamais essayé de trouver un remède contre les maux de tête ?
— Non ! répond Nansen, un peu éberlué par la question.
— C'est tout de même étonnant ! s'exclame Shaw. Vous avez passé votre vie à essayer de trouver le pôle Nord dont tout le monde se contrefiche. Et vous n'avez jamais essayé de trouver un remède contre la migraine qui aurait intéressé tout le monde. »

Portrait

Découvrant chez Galtier-Boissière un portrait très ressemblant de Marcel Aymé, Henri Jeanson dit :
« C'est tout à fait lui. On dirait qu'il va se taire. »

Pourboire

Proust sort de l'hôtel *Ritz* avec Cocteau. Il a distribué en pourboires tout l'argent qu'il avait sur lui. Quand il arrive devant le portier, il lui demande s'il peut lui emprunter cinquante francs.
« Bien sûr, répond l'autre qui aussitôt sort son portefeuille.
— Gardez-les, dit Proust. C'était pour vous. »

Préface

Ronsard, après avoir chanté pendant dix ans ses amours avec sa première maîtresse Cassandre, a écrit des poèmes d'amour inspirés par Hélène de Surgère, dont le visage est assez ingrat. Au moment où le poète va publier ses vers, Hélène de Surgère (c'est une fille de la Reine) demande au cardinal Duperron, d'écrire pour le recueil une préface où il précisera qu'il n'y a eu, entre le poète et elle, qu'une liaison honnête, qu'elle n'a jamais été sa maîtresse. Le cardinal lui suggère :
« Et si, en tête du livre, au lieu d'une préface, vous mettiez votre portrait ? »

Première

Après la première d'une de ses pièces, Bernard Shaw vient sur la scène saluer le public dans un tonnerre d'applaudissements. Il y a tout de même, au parterre, un spectateur qui se met à siffler.

« Je suis entièrement d'accord avec vous, monsieur, lui dit Shaw, mais (montrant la salle qui l'acclame) que pouvons-nous contre tous ces gens ? »

Président de la République

1899. Président de la République, Félix Faure meurt subitement à l'Élysée au beau milieu d'un cinq à sept amoureux avec sa maîtresse Mme Steinheil. Son valet de chambre appelle à l'aide.
« Venez vite... Le Président est au plus mal.
— A-t-il encore sa connaissance ? demande-t-on.
— Non. On l'a fait sortir par la porte de service. »
Le cortège de ses obsèques nationales traverse la place de la Concorde.
Au moment où apparaissent, vêtus de leurs toges jaunes, les professeurs de la faculté des sciences, quelqu'un dans la foule crie :
« Les cocus ! »
À quoi quelqu'un (on pense que c'est le recteur Gérard) ajoute en écho :
« Une délégation seulement ! »

(Paul Morand)

1908. Président de la République, Armand Fallières reçoit à l'Élysée en visite officielle le Roi George V, la Reine et le prince de Galles.
Au cours d'une conversation, à propos de celui-ci, Mme Fallières demande à la Reine :
« Et qu'est-ce que nous allons en faire de ce grand garçon ? »
Le peintre Sisley lui fait visiter la grande exposition

de ses tableaux au Petit-Palais. Le peintre veut faire passer le Président devant lui :
« Allez, allez, dit Fallières. Je vous suis les yeux fermés ! »

1919. Raymond Poincaré, Président de la République, au cours d'un Conseil des ministres, perd patience et ne peut retenir un :
« Merde. »
Ce qui provoque un certain émoi parmi les assistants. Le mot est alors beaucoup moins utilisé qu'aujourd'hui dans le langage courant et Poincaré lui-même regrette cet écart de langage.
Son ministre des Finances, Louis Chéron, lui sauve la mise. D'un mot :
« Citation ! Monsieur le Président ! »

Le 23 mai 1920, un peu avant minuit, le Président de la République Paul Deschanel, tombe du train présidentiel qui l'amenait à Montbrison inaugurer la statue d'un héros de l'aviation. Il n'est pas blessé. Il se relève, aperçoit une lumière dans le lointain. C'est la maison d'une garde-barrière. Celle-ci voit arriver chez elle, en pleine nuit, un homme en chemise de nuit qui se présente :
« Je suis le Président de la République. »
« Et vous l'avez cru ? demandent à la dame les journalistes arrivés dès le lendemain.
— Oui, répond-elle… Il avait les pieds propres. »

Prévision

Vincent Scotto est mort.
Ses amis sortent du cimetière où il viennent de l'enterrer.
Yves Mirande dit :
« C'est la dernière fois que je viens ici en amateur. »
Huit jours après, il était mort.

Prières

Agenouillé devant l'autel de la Vierge dans la basilique du Sacré-Cœur, les yeux fermés, la tête posée sur ses mains jointes, Léon Bloy est tout entier plongé dans ses prières à Marie. Un de ses lecteurs, l'ayant reconnu, tourne autour de lui, lui fait des signes, essaie d'attirer son attention. Il a probablement quelque chose à lui dire. Léon Bloy termine ses dévotions sans lui prêter la moindre attention. Puis quand il a fini, au fâcheux :
« Monsieur, quand je suis avec notre Très Sainte Mère la Vierge Marie, je n'aime pas qu'on m'emmerde ! »

(MAURICE CLAVEL)

Printemps

Paul Morand fait l'aumône tous les jours au même mendiant, qui porte sur sa poitrine, une ardoise avec ce mot : « Aveugle ».
Un jour de mars, par sympathie, il lui demande :
« Alors, ça marche les affaires ?

— Pas terrible, répond le mendiant.
— On va faire quelque chose », lui dit Morand.
Il prend l'ardoise, en modifie l'inscription. Et voilà que soudain les passants sont plus généreux. Ils sont plus nombreux à lui donner une pièce. Le mendiant demande à l'un d'eux :
« S'il vous plaît, voulez-vous me lire ce qui est écrit sur mon ardoise ?
— Volontiers, dit le passant qui lit : "Le printemps va arriver et je ne le verrai pas." »

Prisonnier

Luigi Pirandello, l'auteur des *Six personnages en quête d'auteur*, racontait qu'il avait connu en Sicile un potier de génie qui, ayant entrepris de réaliser une amphore qui serait son chef-d'œuvre, avait dû, pour mieux en modeler les flancs, s'installer à l'intérieur. Puis quand il en eut façonné le col, il s'aperçut qu'il était prisonnier à l'intérieur. Comment en sortir ? Il avait dû appeler sa femme pour qu'on vienne briser son chef-d'œuvre.

(JACQUES AUDIBERTI)

Procès

Au procès de Gaston Bergery qui avait accepté de Pétain le poste d'ambassadeur de France à Ankara, Henri Jeanson reproche au président du tribunal d'avoir promis au ministre de l'Intérieur que Bergery serait condamné.
Le président le rappelle à l'ordre :

« Monsieur Jeanson, vous avez juré de parler sans haine.
— Et sans crainte ! » répond Jeanson.

(GALTIER-BOISSIÈRE)

Procureur

Verlaine a raconté lui-même le procès qu'il avait dû affronter après avoir tiré un coup de revolver sur Rimbaud.
« Voilà que le procureur me traite de sodomiste. Je me soulève de mon banc (et levant l'index de la main droite jusqu'au menton) et je rectifie : "*ite*, monsieur le Procureur." Suffoqué, le procureur proteste : "L'inculpé ose m'interrompre ?" Cette fois, je me lève tout à fait (et l'index élevé alors jusqu'à la hauteur de son front) et je répète plus fort, respectueusement d'ailleurs : "*ite*, monsieur le Procureur, pas *iste*." »

(LÉON TREICH)

Prodigue

Alexandre Dumas père se sait perdu. Il vit dans une semi-misère. Il a gagné des millions, et il a tout dépensé. Quelques jours avant sa mort, montrant à son fils deux louis d'or posés sur sa table de nuit, il lui dit :
« Tout le monde a dit que j'étais prodigue. Comme on se trompe ! Quand j'ai débarqué à Paris, j'avais deux louis d'or. Tu vois, je les ai encore. »

Programme

À Londres – au Q.G. de la France Libre – de Gaulle, entré inopinément dans un bureau, entend l'un des membres de son cabinet, Jean Pompei, en discussion avec son aide de camp conclure sa démonstration par :
« Et puis, mort aux cons ! »
De Gaulle, resté sur le seuil de la porte, levant les bras :
« Vaste programme ! » [1].

(PHILIPPE RAGUENEAU)

Léon Volterra, qui fut le grand directeur de théâtre des années 30 (il possédait à la fois le Théâtre Marigny, le Théâtre de Paris, le Casino de Paris, le Luna Park et quelques boîtes de nuit), avait débuté dans la vie à treize ans comme marchand de programmes à l'*Eldorado*, le music-hall du boulevard de Strasbourg.
C'est lui qui avait eu l'idée de répondre, quand on lui demandait le prix de son programme : « Je le paie quatre francs », pour qu'en lui donnant cinq francs, l'acheteur lui dise : « Gardez tout. »
Il tombe un jour sur un client particulièrement ladre qui, à son « Je le paie quatre francs », répond : « On vous vole, mon ami ! »

---

1. Cette anecdote a été souvent racontée en la situant par erreur à l'Élysée et en attribuant par erreur à Louis Vallon, la formule de Jean Pompei.

Progrès

John Gilbert, comédien superbe, est à l'apogée de sa carrière au moment où le cinéma muet vit son âge d'or. C'est lui qui touche le plus gros salaire d'Hollywood. Il a été le partenaire attitré de Greta Garbo, son fiancé.

Il tourne – en 1927 – son premier film parlant, *His glorious night*, mis en scène pour la M.G.M. par Lionel Barrymore.

Le gala de première du film s'annonce à Hollywood comme l'événement de l'année. Événement historique. C'est la première fois qu'on va entendre Gilbert parler à l'écran. Le Tout-Hollywood n'aurait voulu manquer ça pour rien au monde.

Dès sa première réplique, c'est la consternation générale. Gilbert, un mètre quatre-vingts, quatre-vingts kilos, force de la nature, a une voix de châtré, presque efféminée.

Au cours d'une scène, il a un échange de répliques avec un partenaire qui, le traitant de haut, lui dit :

« Dites-moi, garçon ! »

À quoi Gilbert répond avec une voix de fofolle :

« Je ne suis pas un garçon. »

Dans toute la salle, c'est le fou rire ! La mise en boîte. Gilbert ne s'en relèvera pas. Sa carrière est finie.

Promotion

En Conseil des ministres, Pompidou annonce les promotions prévues dans la Légion d'honneur.

« Pour François Mauriac, la Grande Croix.

— Très bien, dit de Gaulle, c'est le plus grand écrivain de sa génération… »
À ce moment-là, il aperçoit Malraux. Il poursuit :
« …entre autres, naturellement. »

Prononciation

Lors d'une séance à l'Académie française, une vive discussion oppose deux immortels, Charles Nodier et (le tout à fait oublié) Emmanuel Dupaty.
Nodier, ayant affirmé que la lettre « t » placée entre deux voyelles doit – sauf quelques exceptions – être prononcée comme un « s », Dupaty lui réplique que la règle est sans aucune exception.
« Mon cher confrère, demande alors Nodier, faites-moi *l'amicié* de me *répécer* la *moicié* seulement de ce que vous venez de dire. Par *picié.* »

Propos

Jean Nohain, arrivé à Londres en 42, est convoqué par de Gaulle à son bureau de Carlton's Garden.
Le Général lui demande :
« L'adjudant Legrand, c'est vous ?
— Oui, mon général.
— Et Jean Nohain, c'est vous aussi ?
— Oui, mon général.
— Et Jabonne, c'est encore vous ?
— Oui, mon général. »
Là-dessus, voilà de Gaulle parti dans une diatribe terrible contre les Anglais, contre Churchill, contre les Américains. Quand il a fini, Jean Nohain lui dit :
« Mon général, dans la ferme de Provence où je suis

resté caché trois semaines en attendant l'avion qui devait venir me chercher, si vous aviez tenu des propos pareils, il y a longtemps que vous seriez au fond du puits. »

Pudibond

Roger-Ferdinand, auteur à succès (*Les J3*, *Le Président Haudecœur*...) a rendez-vous avec Simone Berriau, la directrice du Théâtre Antoine, qu'il n'a jamais rencontrée et qui veut monter une de ses comédies. Elle lui a dit au téléphone :
« Venez chez moi, rue Raynouard, lundi, vers onze heures du matin. »
Ferdinand est exact au rendez-vous. On l'introduit dans un salon.
« Madame est à vous tout de suite », lui dit le valet de chambre. Il attend. Au bout d'un moment, il entend une voix, celle de Simone Berriau, qui l'appelle d'une pièce voisine.
« Ferdinand ? crie-t-elle.
— Oui, madame !
— Vous êtes pudibond ? »
Ferdinand, surpris et gêné, hésite une seconde avant de répondre :
« Oh ! Madame, je ne crois pas.
— Alors, entrez. Je suis dans ma chambre. »
Il entre dans une pièce contiguë et que voit-il ? Une énorme paire de fesses. Le docteur était en train de faire une piqûre à Simone Berriau.
« C'est la seule personne, expliquait Ferdinand, dont j'ai connu le derrière avant le visage. »

(Roger-Ferdinand)

Pureté

Jean Paulhan est appelé – à titre de témoin – au procès intenté à l'éditeur Jean-Jacques Pauvert pour avoir publié les œuvres de Sade. Il a lui-même préfacé *Les Infortunes de la vertu* :
« Je voudrais, lui demande le président, que vous nous expliquiez où vous voyez la pureté de cette philosophie qui me paraît destructrice.
— Il y a une pureté de la destruction, répond Paulhan.
— Vous trouvez que la pureté de cette destruction n'est pas dangereuse pour les mœurs ? »
Réponse de Paulhan :
« Elle est dangereuse. J'ai connu une jeune fille qui est entrée au couvent après avoir lu les œuvres de Sade et parce qu'elle les avait lues. »

Puriste

Sa femme trouve Émile Littré, le célèbre lexicographe, en train de faire l'amour à la bonne.
« Je suis surprise ! s'écrie-t-elle.
— Non, rectifie Littré. C'est nous qui sommes surpris. Vous, vous êtes étonnée ! »

Marcel Achard sort d'une séance du dictionnaire à l'Académie française en compagnie d'un autre immortel, un grammairien, puriste maniaque.
Passe devant eux une très jolie jeune femme.
« Celle-là, dit Achard, je la baiserais bien. »
Alors, l'autre :
« Je pense, mon cher collègue, que vous voulez dire "volontiers". »

Q

Quai d'Orsay

Personnalité politique connue pour l'austérité de ses mœurs, Robert Schumann est ministre des Affaires étrangères quand, lisant le livre de Roger Peyrefitte, *Les Ambassades*, il découvre avec effroi les mœurs particulières qui seraient à l'honneur dans notre personnel diplomatique. Il convoque Hervé Alphand, secrétaire général du Quai d'Orsay, qu'il sait très mondain et, avec d'infinies précautions, lui pose la question :

« Monsieur le Secrétaire général, combien, selon vous, y a-t-il d'homosexuels au Quai d'Orsay ? »

Alphand réfléchit longuement, fait un compte, puis :

« Mon Dieu, monsieur le Ministre. Je dirais vingt.

— C'est le chiffre qu'on m'a donné », répond Schumann. Puis après un temps de réflexion :

« Pourvu que ce soient les mêmes. »

(JEAN FERNIOT)

Qualité

Claude Farrère, enseigne de vaisseau, est embarqué sur le *Vautour* de la Marine nationale dont le commandant est Pierre Loti.

Un jour, il lui demande :
« Commandant, quel est à votre avis le plus grand des écrivains français vivants ? »
Loti n'hésite pas une seconde :
« Georges Courteline. »
Quelques années plus tard, devenu assez familier d'Anatole France, Claude Farrère lui pose la même question :
« Mon cher Maître, quel est, à votre avis, le plus grand des écrivains français vivants ? »
Anatole France réfléchit assez longuement puis :
« Le premier, répond-il, est certainement Pierre Loti. Mais peut-on dire qu'il soit un écrivain ? En tout cas, après Loti, aucune hésitation, c'est Courteline. »

(CLAUDE FARRÈRE)

Question

Quand Bernard Grasset, éditeur français important, lisait un manuscrit, il écrivait quelquefois en marge, au feuillet 7 :
« Serait-ce un con ? »
Puis au feuillet 10 :
« Oui. »
Il n'allait pas plus loin.

(KLÉBER HAEDENS)

R

Radio

Le premier chef de gouvernement qui utilise la radio (la T.S.F.) pour s'adresser à ses compatriotes, c'est, au lendemain du 6 février 1934, Gaston Doumergue, ancien Président de la République redevenu Président du Conseil.

Tous les Présidents de la République et tous les chefs de gouvernement suivant son exemple, un speaker de la Radiodiffusion nationale, Jean Toscane, dont on apprécie la voix grave et le ton solennel est nommé « présentateur officiel des chefs d'État ».

Lorsque Pétain, le 17 juin 1940, annonce à la radio qu'il a demandé l'armistice, Jean Toscane, perdu dans le désordre de la débâcle, n'est pas là et c'est un autre speaker qui présente le Maréchal. Pour le deuxième appel de Pétain, Jean Toscane est revenu.

« Vous n'étiez pas là pour mon premier appel, lui dit Pétain.

— Non, monsieur le Maréchal, mais je crois que tout s'est bien passé.

— Oui. Il a eu un très joli succès. »

(ROBERT BEAUVAIS)

Raseur

Un raseur, un riche industriel, qu'il fuit depuis des mois, finit par coincer Lucien Guitry dans sa loge.
« Cette fois, je vous tiens. C'est vendredi votre jour de relâche. Vous venez dîner chez moi ! »
Lucien Guitry refuse. L'autre insiste, insiste. Finalement, par faiblesse, Guitry accepte.
Son visiteur n'a pas plus tôt tourné le dos que Guitry dit à son habilleuse :
« Demain, vous téléphonerez à cet emmerdeur que vendredi il ne compte pas sur moi. »
À ce moment, dans son miroir de maquillage, il aperçoit l'importun, revenu chercher un gant qu'il avait laissé tomber et qui évidemment a tout entendu.
« Parce que vendredi, poursuit Lucien Guitry superbe de sang froid, je dîne chez Monsieur. »
Le vendredi arrive. Le fâcheux et les amis qu'il a invités attendent. On apporte un message de Lucien Guitry :
« Cher monsieur. Vous avez été le témoin l'autre soir de mes efforts pour me débarrasser d'un personnage ennuyeux. Hélas, je n'ai pas pu m'en défaire et je suis obligé de dîner avec lui, ce soir. »

(KLÉBER HAEDENS)

Ravissante

Le Président du Gabon, Léon M'Ba, et sa femme sont les invités du général de Gaulle à l'Élysée. Un bruit court selon lequel M'Ba autrefois aurait mangé sa belle-mère dans un repas rituel.
Mme M'Ba est ravissante.

Après leur départ, on demande à de Gaulle comment il a trouvé Mme M'Ba.
Réponse :
« À croquer ! »

(JEAN FERNIOT)

Redoubler

Antoine Blondin avait été professeur de philosophie dans un lycée de la région parisienne. Sur quarante élèves présentés au baccalauréat, trente-neuf avaient été reçus.
« Non pas parce que j'étais un bon professeur... expliquait-il. Mais je bégaie et par conséquent tous mes élèves ont redoublé leur philo sans perdre un an puisqu'ils entendaient deux fois ce que j'avais à leur enseigner. »

Régime

Gayelord Hauser, célèbre nutritionniste américain, spécialiste des régimes amaigrissants, indiquait quel symptôme doit vous décider à suivre ses conseils :
« C'est quand votre femme vous dit : "Rentre ton ventre", alors que c'est déjà fait. »

Regret

Le prince Philip d'Édimbourg, mari de la Reine Élisabeth II d'Angleterre, représente celle-ci aux cérémonies organisées à Nairobi, capitale du Kenya, pour la proclamation d'indépendance du pays. Au

moment où vont être ramenées pour la dernière fois les couleurs britanniques qui flottent sur le palais présidentiel, le drapeau se coince dans sa lisse, refuse de descendre.
Le prince se retourne vers son hôte, le Président de la République, M. Keniatta, et lui dit :
« Êtes-vous bien certain, monsieur le Président, de ne pas vouloir changer d'avis ? »

Renard

Winston Churchill est invité par un lord de ses cousins à participer à une de ces chasses au renard qui sont – le week-end – la distraction suprême de la gentry. Il refuse. Son cousin s'en étonne.
« Je ne fais jamais de cheval, répond Churchill. Je déteste le cheval. »
Le lord s'émeut de cette réponse.
« Comment, vous ? dit-il, duc de Marlborough pouvez-vous parler ainsi du cheval ? »
Réponse :
« C'est un animal dangereux aux deux extrémités et inconfortable au milieu. »

(ÉLIE VANNIER)

Rendez-vous

L'auteur de *La Parisienne*, Henri Becque, célibataire endurci, n'avait aucun succès auprès des femmes. Un jour pourtant, tombé amoureux d'une superbe femme du monde, il la décide, après une cour assidue à venir goûter chez lui. Il achète champagne,

fleurs, gâteaux, parfum. Et il attend. Il attend. Il attend. Elle ne vient pas.
Il va demander à sa concierge.
« Il n'est venu personne pour me voir ?
— Si, une belle dame en calèche. Elle a demandé "M. Becque." Je lui ai répondu : "Sixième à droite." Elle a dit : "C'est trop haut." Et elle est repartie. »

Rentrée

Le 21 février 1915, on a dû amputer Sarah Bernhardt d'une jambe. Elle souffrait du genou depuis une chute qu'elle avait faite en jouant *La Tosca*, et le mal s'était aggravé. Quelques mois après – la guerre continue – elle veut à tout prix jouer dans son théâtre une grande fresque patriotique *Les Cathédrales*.
Le soir de la générale, le Tout-Paris du moment est dans la salle.
On frappe les trois coups.
« La voilà », dit quelqu'un.
Ce mot féroce – souvent attribué à tort à Forain – a été prononcé en réalité par Ernest Lajeunesse, journaliste au *Figaro* et secrétaire d'Octave Mirbeau.

Reporter

Georges Kessel dont les confrères journalistes disaient – en raison de sa virtuosité dans ce domaine – qu'il aurait fait, dans les écoles de journalisme, un remarquable professeur de notes de frais, citait l'exemple d'un reporter. Celui-ci était resté bloqué pendant trois semaines dans une petite ville

d'Espagne par un fait divers. À son retour, il présente une note de frais sur laquelle il n'oublie rien, le prix de ses repas, de ses nuits à l'hôtel, de ses courses en taxi, des consommations offertes aux policiers locaux, des fleurs envoyées à la femme d'un commissaire, et au milieu cette ligne :
« On n'est pas de bois… 1 000 francs. »

À *France-Soir*, les téléscripteurs annoncent la mort – dans sa maison de Normandie – d'André Gide. Il n'y a au journal aucun reporter disponible. L'un d'eux se trouve en vacances dans les environs de Rouen. C'est Maurice Josco, excellent reporter, considéré par tous ses confrères comme le champion du fait divers, des affaires de crime, etc., mais dont la culture générale présente de sérieuses lacunes. Lazareff lui fait demander d'aller sur place et d'envoyer un petit papier sur Gide.
Une heure plus tard, Josco télégraphie.
« Vu pour Gide. Vu les flics. Aucun intérêt. Mort naturelle. »

Dans le grand salon du 10 Downing Street, les Churchill posent pour Walter Carone de *Paris-Match.* Churchill est debout derrière Lady Churchill assise sur une chancelière. Cadrant sa prise de vues, Carone, qui ne parle pas bien l'anglais, dit à Jacques de Potier, photographe lui aussi qui l'accompagne :
« Dis à Mémère de mettre les papattes sur le coussin.
— Vous croyez, demande Lady Churchill en français, que c'est bien nécessaire ? »

Républicain

À la veille d'un scrutin, Hippolyte Ducos, député maire de Saint-Gaudens, radical socialiste pur et dur, tient une réunion dans sa circonscription. Un trublion l'interrompt :

« Toi, tais-toi, vieux con, tu n'es pas républicain. »

Le public commence à rire. Ducos étale ses états de service. À chaque démonstration l'autre l'interrompt :

« Tu n'es pas républicain. »

Ducos, excédé, finit par lui demander :

« Et alors, qu'est-ce qu'il faut faire, selon vous, pour être républicain ?

— Il faut s'être fait enterrer civilement. »

(JEAN FERNIOT)

Respect

Victorien Sardou est dans les coulisses du Théâtre de Vaudeville écoutant Sarah Bernhardt, qui joue pour la première fois la pièce qu'il a écrite pour elle : *Théodora.* Au cours des répétitions, un incident a opposé l'auteur et son interprète. Elle voulait couper toute une tirade de son rôle. Sardou s'y est opposé. Elle a eu l'air de céder, mais voilà que devant le public, elle a carrément censuré le passage qui la gênait. Sardou est furieux. Il marmonne entre ses dents :

« La garce ! La vache ! La salope ! »

À ce moment entre un jeune garçon – le coursier d'un fleuriste en vogue – porteur d'un énorme bouquet qui crie :

« C'est pour Sarah »
Sardou lui flanque une torgnole, et lui dit :
« On dit "Madame Sarah Bernhardt", morveux ! »

(SACHA GUITRY)

Resquilleur

Benoît Léon Deutsch, directeur du Théâtre des Nouveautés, affolé par la quantité de resquilleurs qui réussissent à pénétrer dans sa salle pour voir le spectacle à l'œil, est au contrôle de l'entrée quand se présente un personnage qui lui demande un billet de faveur.
« À quel titre ? l'interroge Deutsch.
— J'habite en face. »

Ressemblance

À l'issue d'une très sérieuse discussion entre les membres éminents d'une société savante pour décider lequel des animaux ressemble le plus à l'homme, les uns disant que c'est le singe, les autres que c'est l'éléphant, M. le maréchal de Grammont qui préside la séance (1704), prenant la parole en dernier, conclut, avec son sérieux habituel, qu'il n'y a, à son avis, aucune bête qui ressemble plus à l'homme que le Suisse.

Rideau

À la Comédie-Française, la grande comédienne Marie Dorval joue *Antony*, le drame d'Alexandre

Dumas, avec comme partenaire un comédien nommé Bocage (1830). Une mauvaise manœuvre dans la machinerie fait tomber le rideau juste avant que Bocage prononce la fameuse réplique finale :
« Elle me résistait. Je l'ai assassinée. »
Le public manifeste son mécontentement. Le rideau finit par se relever. Mais sur une scène vide. Et personne ne vient. Les spectateurs se fâchent, commencent à taper des pieds, à siffler. On voit alors apparaître sur la scène Marie Dorval, à moitié déshabillée, courant, tirant par la main son partenaire qu'elle montre à la salle, et prenant son ton le plus tragique pour déclamer :
« Je lui résistais. Il m'a assassinée. »
Rideau.

Rime

Il arrive à Louis XIV, même en compagnie, de se laisser aller à des bruits incongrus. Aussitôt, ses courtisans les plus proches, plus gênés que lui, essaient de les couvrir en faisant d'autres bruits.
Racine un jour, placé dans cette situation, fait craquer le bras de son fauteuil :
« Monsieur Racine, lui dit le Roi, ne cherchez pas la rime. Vous ne la trouverez pas. »

(Guillaume Hanoteau)

Risque

Un chroniqueur connu dit à Aurélien Scholl :
« J'ai eu onze maîtresses dans ma vie, onze femmes de la haute société. Je crois pouvoir affirmer qu'aucune ne m'a trompé.

— Vous devriez faire cette expérience, lui suggère Scholl. Commencez votre prochaine chronique par cette déclaration vague : “Toutes les femmes sont infidèles. Je n’ai jamais aimé qu’une femme au monde : elle m’a trompé avec un ténor…”
— D’accord, on va voir. »
Dans son article du lendemain, le chroniqueur reprend la formule de Scholl. Dans la semaine, il reçoit onze lettres commençant par ces mots :
« Pourquoi rappeler la seule erreur de ma vie ? »

Robinson Crusoé

Pour écrire *Robinson Crusoé*, Daniel Defoe s’est inspiré de l’aventure véritable survenue à un marin anglais, le quartier-maître Selkirk. Mais Selkirk, dans son île, n’était pas du tout un naufragé.
Embarqué à bord du navire anglais *Cinq ports*, et forte tête, c’est son capitaine, le commandant Stradind, qui l’a condamné à être ainsi abandonné dans une île déserte au large de Juan Fernandez. Il y a été débarqué en 1704. Et retrouvé par un autre bateau anglais en 1709.

Rois (de Paris)

Un après-midi, Lucien et Sacha Guitry passent en fiacre découvert, boulevard de Strasbourg. Leur voiture est immobilisée par un embouteillage. Sur le trottoir, un titi les reconnaît :
« Les rois de Paris ! » s’écrie-t-il.

Un peu plus loin, leur fiacre en accroche légèrement un autre dont le cocher furieux les désigne en hurlant :
« Les salauds !
— Détrônés ! » dit Lucien.

(HERVÉ LAUWICK)

Rothschild

Élie de Rothschild racontait lui-même :
Rue Laffitte, devant le siège central de sa banque, s'installait chaque hiver un marchand de marrons à qui, un jour, un de ses amis demande de lui prêter cent francs :
« Je voudrais bien, répond le marchand de marrons, mais cela n'est pas possible. J'ai un accord avec les Rothschild. Eux ne vendent pas de marrons, et moi je ne prête pas d'argent. »

Edmond de Rothschild – vingt ans – vient d'arriver à la caserne pour faire son service militaire. Le premier jour, il connaît le désarroi de tous les bleus. Il se sent mal lavé, mal habillé. Ses godillots lui font mal. Il erre, perdu, dans la cour du quartier.
Arrive la voiture du colonel conduite par son chauffeur. Celui-ci doit à ses fonctions, sans doute, d'arborer une tenue qui lui donne grande allure.
« Tiens, voilà Rothschild », disent les anciens en le voyant.
Edmond de Rothschild s'approche pour voir ce personnage à qui l'on a donné son nom comme surnom.
C'est le fils de Maurice Thorez.

(EDMOND DE ROTHSCHILD)

Roture

Le Roi Henri IV a honoré d'un petit titre de noblesse un paysan des environs de Pau et l'intronise lui-même au cours d'une cérémonie, entouré de ses courtisans.
Au comble de l'émotion, le brave homme lâche un pet, ce qui provoque, dans l'entourage royal, surprise et indignation.
« Sire, dit le paysan, il fallait bien que la roture sorte par quelque endroit. »
Le Roi éclate de rire. Les courtisans font de même.

Ruban

Le 28 décembre 1897 au théâtre de la Porte Saint-Martin où le public fait un triomphe à *Cyrano de Bergerac* pour sa première représentation. M. Cochery, qui représente pour la soirée le Président de la République Félix Faure, arrive dans les coulisses pendant l'entracte entre le troisième acte et le quatrième, décroche le ruban rouge au revers de son propre habit et l'épingle au revers d'Edmond Rostand, l'auteur de la pièce, le faisant par ce geste « en vertu des pouvoirs qui lui sont conférés », chevalier de la Légion d'honneur.
C'est l'aboutissement d'un complot fomenté à l'instigation de Coquelin Aîné, créateur du rôle de *Cyrano*. Toute la troupe était au courant. Rostand ignorait tout.

Rubens

Van Dyck était l'élève de Rubens.
Un jour que ce dernier était sorti, Van Dyck et ses camarades s'approchent de trop près du tableau que Rubens vient d'ébaucher. L'un d'eux en bouscule un autre qui tombe sur l'ébauche et en efface une bonne partie. Comment éviter les reproches du Maître à son retour ?
Van Dyck étant reconnu par ses camarades comme le plus doué d'entre eux, on le désigne pour essayer de réparer les dégâts. Ce qu'il fait.
Quand Rubens revient, trois heures plus tard, il regarde l'ébauche et dit, pour lui-même :
« Ma foi, ce n'est pas là ce que j'ai fait de plus mauvais dans ma vie. »

Rugby

La première tournée des rugbymen All Blacks en Europe (en 1905-1906) commence par trois succès. Ils battent successivement l'Écosse, l'Irlande et l'Angleterre. Contre le Pays de Galles à Cardiff, les Gallois mènent trois à zéro quand, sur un contre, le centre All Blacks Deans, le ballon serré contre sa poitrine, plaqué par le Gallois Rhys, se jette derrière la ligne de but et marque un essai. Mais Rhys les ramène, Deans et le ballon, dans le champ de jeu. L'arbitre, qui était loin, n'a rien vu. Il n'accorde pas l'essai et les Gallois gagnent le match 3 à 0.

Deans meurt d'une pneumonie trois ans plus tard. Sur son lit de mort, il demande à parler à un prêtre et lui dit seulement :
« Cet essai refusé contre Galles, je l'avais vraiment marqué. »

(GEORGES PASTRE)

S

Sacrifice

Lulli était à la fois libertin et superstitieux. À la suite d'un accident, persuadé qu'il va mourir, il prend un confesseur sévère qui commence par exiger de lui le sacrifice d'un opéra qu'il doit faire créer dans quelques mois. Lulli donne l'opéra à son confesseur qui le jette dans le feu. Le fils de Lulli, qui assiste à la scène, en est tout triste.
« Rassure-toi, lui souffle son père tout bas, j'en ai mis de côté une copie. »

Sainte-Hélène

Quelques jours après son arrivée à Sainte-Hélène, Hudson Lowe fait porter à Napoléon une lettre adressée au « général Bonaparte ».
Napoléon ne l'ouvre pas et la retourne à Hudson Lowe avec ce commentaire :
Je n'ai plus eu de nouvelles de ce général depuis la bataille des Pyramides.

Samson

Une dame qui ne l'aime pas se retrouve, lors d'un grand dîner, assise en face de Voltaire. Elle a fait le reproche à la maîtresse de maison de l'avoir placée tout près de ce bavard. Voltaire, mis au courant de cette démarche, a rassuré son amie :
« Dites à cette dame que tout au long du repas, je ne prononcerai pas plus de quatre mots. »
Pendant tout le repas, Voltaire reste muet.
Au dessert, on apporte des cerises.
« Oh, des cerises ! s'exclame la dame. J'adore ça. J'en mangerais autant que Samson tua de Philistins. »
Alors Voltaire :
« Avec la même mâchoire ? »
(C'est en se battant avec une mâchoire d'âne que Samson fit des ravages dans l'armée des Philistins.)

Sand (George)

Elle se présente, vêtue en homme comme à son habitude, à la porte du couvent de la Trappe qu'elle désire visiter.
Le père portier s'y oppose, tout rougissant et lui dit :
« Monsieur, je suis désolé... mais les dames n'entrent pas ici. »

Santé

Winston Churchill, grand amateur de bonne chère, grand buveur de scotch, grand fumeur de havanes, se porte comme un charme, n'est jamais malade, ne

consulte jamais aucun médecin. On lui demande le secret de cette santé insolente. Il répond en deux mots :
« No sport. »

Sauce

Madame Simone dîne chez des amis. La serveuse, qui lui présente un plat laisse, tomber un peu de sauce sur son corsage. Affolement de la maîtresse de maison !
Madame Simone – grande dame – rattrape tout en disant :
« Bonne maison ! La sauce est chaude ! »

(HERVÉ MILLE)

Sauver

Mme de Staël, qui partage avec une rivale les préférences de Talleyrand, veut un jour savoir de celui-ci laquelle des deux il aime le mieux :
« Avouez, lui dit-elle, que si nous tombions ensemble toutes les deux dans la rivière, je ne serais pas la première que vous songeriez à sauver.
— Ma foi, madame, c'est possible. Vous avez l'air de savoir mieux nager. »

Secrétaire

Cromwell, sur des affaires importantes, dictait à son secrétaire quatre lettres qui se contredisaient. Il lui cachait celle qu'il envoyait.

Semblant

Chamfort avait voulu se suicider et avait raté son suicide. Il n'avait fait que se blesser et son agonie dura trois mois. Il ne croyait pas en Dieu. Au moment de sa mort, des amis chrétiens insistent pour qu'il accepte de recevoir les derniers sacrements. Il refuse, disant pour les rassurer :
« Je vais faire semblant de ne pas mourir. »

Service militaire

Maurice Escande, administrateur de la Comédie-Française, participe à une tournée qui joue *Horace* de Corneille à Metz.
Après la représentation, une réception est donnée en l'honneur de la troupe à la préfecture.
Mme la préfète est assurément la seule dans l'assistance à ignorer que Maurice Escande est un homosexuel invétéré. Elle lui demande :
« Et Mme Escande fait la tournée avec vous ?
— Non. Elle fait son service militaire en Allemagne. »

Shakespeare

John Barrymore a triomphé dans *Hamlet*.
Une femme professeur d'université, spécialiste de Shakespeare lui demande :
« À votre avis, monsieur Barrymore, Hamlet a-t-il eu des relations sexuelles avec Ophélie ? »
Barrymore réfléchit un instant, puis :

« Uniquement dans la troupe du Grand Théâtre de Chicago. »

(BILLY WILDER)

Short

En août 1943, à Alger, où la température bat tous les records de chaleur. André Philip, ministre des Finances, vient au Conseil des ministres en short. Au moment où il s'en va, de Gaulle lui dit :
« La prochaine fois, Philip, apportez votre cerceau. »

Sieste

Quand Sainte-Beuve était fatigué et qu'il se disposait à dormir dans la journée, il donnait cette consigne à sa gouvernante :
« Si le pape venait, vous lui diriez que je n'y suis pas et si ma pauvre défunte mère revenait, vous lui diriez d'attendre. »

(LES GONCOURT)

Silences

Lucien Guitry était célèbre pour les silences qu'il observait dans son jeu dramatique. Un spectateur lui en fait compliment.
« Quand vous dites le texte, lui dit-il, vous êtes merveilleux. Mais c'est dans vos silences que vous êtes admirable.
— C'est, répond-il, parce que les silences sont de moi. »

Snob

Dans les premiers jours de la guerre – en 1914 –, accompagnant gare de l'Est un ami qui rejoint son régiment, Henry Bernstein aperçoit dans le grand hall Édouard Bourdet, en uniforme de lieutenant d'infanterie et lui demande :
« Où allez-vous dans cette tenue ?
— Au front, parbleu.
— Quelle idée ! Vous n'y rencontrerez personne. »

(GALTIER-BOISSIÈRE)

Paul Morand prend un taxi qui vient de déposer chez eux – comme tous les soirs –, après le théâtre, Rosemonde Gérard et Maurice Rostand.
Le chauffeur lui annonce, assez fier de lui :
« Je viens de raccompagner les Cyrano de Bergerac. »

(PAUL MORAND)

À Maurice Donnay, des amis très snobs demandent :
« Viendrez-vous avec nous, cet été, à Baden-Baden ?
— Non. Je reste à Neuilly-Neuilly. »

Soirée

Un homme allait, depuis trente ans, passer toutes ses soirées chez Mme de L. ; il perdit sa femme. On crut qu'il épouserait l'autre et on l'y encourageait. Il refusa.
« Je ne saurais plus, dit-il, où aller passer mes soirées. »

(CHAMFORT)

Soldat

Le général de Gaulle donne en 1965 à l'Élysée une grande réception. Toutes les femmes sont en robe longue. Tous les messieurs, ministres, ambassadeurs, hauts fonctionnaires, leaders politiques, généraux, grands comédiens sont en queue de pie.
Soudain, dans la foule qui attend d'être présentée aux hôtes, un dolman kaki à brandebourgs, col officier, bouton de métal :
« Enfin ! dit de Gaulle, un militaire. »
C'est Brigitte Bardot.

Solitude

Dans les chambres du motel *Hilton Inn* à Atlanta, il y a, comme dans tous les établissements hôteliers des États-Unis, une Bible sur la table de nuit. On y trouve cet exergue :
Si vous vous sentez mal et ne pouvez trouver le sommeil, lisez Matthieu 1-29 30.
Quelqu'un a rajouté, au rouge à lèvres :
Appelez plutôt 254 24 12.
C'est le numéro d'une call-girl.

Sourd

Le père de Lucien Guitry, le grand-père de Sacha, avec l'âge est devenu très sourd. Il n'entend pratiquement rien. Un jour Lucien Guitry, voulant prendre un livre sur le rayon le plus élevé de la bibliothèque familiale, monte sur un escabeau instable, se penche,

perd l'équilibre, s'accroche à un tableau mal fixé, provoque en tombant la chute de tout un rayon de volumes et de bibelots qui se fracassent par terre. Ce qui fait un vacarme épouvantable.
Dans le salon voisin, le grand-père, qui lit son journal, demande :
« Qu'est-ce que c'est ?
— Ce n'est rien, répond Lucien très embêté. Rien du tout. Je viens de laisser tomber mon porte-plume. »
Le grand-père, reprenant sa lecture, après un long soupir :
« Et on prétend que je suis sourd. »

Sphinx

Le *Sphinx*, une des maisons closes les plus somptueuses de Paris, présente pour ses clients un inconvénient : il est situé au niveau d'un entresol et tout le monde, pour y accéder – ou pour en sortir –, doit emprunter le même escalier monumental.
Un jour, dans cet escalier, Feydeau qui en sort se trouve nez à nez avec son fils qui y entre. S'ensuit un moment de gêne. Puis Feydeau, prenant le bras de son fils :
« Je n'ai pas voulu déranger ta mère pour si peu. »

(YVES MIRANDE)

Stèle

Sur la pierre tombale de Pierre Fresnay, un espace avait été laissé entre les mots « Ci-gît » et le nom de Pierre Fresnay.
« C'est pour y graver le nom d'Yvonne Printemps

quand elle sera morte, expliquait le gardien du cimetière. Elle a toujours voulu avoir la première place sur l'affiche. »

(MAURICE FAVIÈRES)

S.T.O.

Requis par le S.T.O. pour aller travailler en Allemagne en 1943, Antoine Blondin demande à son éditeur Roland Laudenbach, neveu de Pierre Fresnay, si ce dernier ne pourrait pas lui « arranger ça » : il sait que Pierre Fresnay a quelques relations chez les Allemands. Laudenbach emmène Blondin chez Fresnay. Celui-ci écoute, lui promet d'intervenir pour qu'il soit dispensé de S.T.O. et pour finir demande à Blondin :

« Bien entendu, vous êtes communiste ?

— Pas du tout ! Je suis pour le maréchal Pétain et pour la Révolution nationale.

— Dans ce cas, je crains de ne pouvoir rien faire pour vous. Je suis pour que chacun de nous mette son comportement en accord avec ses convictions. Si vous aviez été communiste, j'aurais essayé de vous éviter les risques que vous alliez courir. Puisque vous êtes pétainiste, vous devez le rester jusqu'au bout. »

Blondin est parti pour l'Allemagne. Ce qui nous a valu son chef-d'œuvre : *L'Europe buissonnière.*

(ROLAND LAUDENBACH)

Suggestion

Dès le N° 1 du quotidien *L'Intransigeant* qu'il vient de lancer, Henri de Rochefort retrouve les milliers de

lecteurs que lui avait valu *La Lanterne.* Il s'en félicite dans un éditorial :
« Un mot de moi, écrit-il, et cent mille hommes descendent dans la rue pour aller où je leur dis d'aller. »
Alphonse Daudet lui suggère alors :
« Vous pourriez leur dire d'aller à Odéon on l'on joue depuis quelques jours une pièce de moi qui ne fait pas un sou. »

Surdoué

Autodidacte, Camille Flammarion a publié son premier livre d'astronomie à dix-huit ans, avec un immense succès populaire.
Le jour de son arrivée au régiment pour son service militaire (alors qu'il a tout juste vingt ans), l'officier chargé de l'accueil des nouvelles recrues lui demande :
« Votre nom ?
— Flammarion.
— Vous êtes le fils du grand ? »

T

Teckel

Prouvost, le grand patron de *Paris-Match*, *Marie-Claire*, *Télé 7 jours*, etc., reçoit pour un week-end de chasse dans sa propriété de Sologne l'ancien souverain Édouard VIII, devenu, après son abdication, duc de Windsor, et la duchesse. Le soir, au moment de passer à table, Gin, le petit teckel dont Prouvost ne se sépare jamais, mord le duc de Windsor au mollet. Émotion générale !
« Il faut lui pardonner, dit le maître de maison. Il a voulu se payer un morceau de roi. »

(GASTON PAPELOUX)

Terreur

Sous la Terreur, un ci-devant marquis que les gendarmes de Robespierre viennent arrêter réussit à s'échapper et se précipite sous les arcades du Palais-Royal, dans la boutique de son gantier qu'il supplie de le sauver.
Les deux hommes échangent leurs vêtements. Le marquis file. Les gendarmes se saisissent du bouti-

quier qu'ils prennent pour son client. Celui-ci se garde de les démentir. Toute sa vie, il a rêvé d'être noble. La pensée qu'il passe pour un marquis le comble de bonheur. Du coup, il ne dément rien. Il est jugé, condamné à la guillotine, sans rien démentir.
Au moment où il va être exécuté, il dit au bourreau : « Ne montre pas ma tête au peuple. Je suis du quartier. Il pourrait me reconnaître. »

(JEAN COCTEAU)

Testament

Un paysan normand, affolé, vient chercher le notaire pour une affaire urgente. Son grand-père, nonagénaire, va mourir d'une minute à l'autre et il entend refaire son testament. Il faut que le notaire vienne, toutes affaires cessantes.
Le notaire le suit et se retrouve dans la salle commune d'une grande ferme. Près de la cheminée où brûle un grand feu de bois, on a installé un grand lit. Le mourant y est enfoui sous les couvertures et l'édredon, un bonnet de laine rabattu sur les yeux. Toute la famille est autour du lit, prostrée. Les femmes pleurent.
Le grand-père n'a presque plus la force de parler. Le notaire penche son oreille sur sa bouche, écoute ses volontés, les note, puis s'assied à la table pour rédiger les nouvelles dispositions, les relit à haute voix pour que tout le monde les entende bien. Dans son lit, le moribond hoche la tête pour confirmer. Reste maintenant à le faire signer.
Le notaire présente son papier au malade. Celui-ci extrait une main de dessous les couvertures. On lui

glisse un stylo entre les doigts qu'il saisit maladroitement, qu'il laisse tomber à terre.
Le notaire se penche pour le ramasser.
Et découvre, sous le lit, le vrai mort.

(ANDRÉ MARIE)

Tino

On demande à Tino Rossi :
« Quand avez-vous eu conscience que vous aviez vraiment réussi dans la chanson ? »
Réponse :
« Quand j'avais quinze-seize ans, à Ajaccio, je passais souvent la fin de l'après-midi dans la boutique de mon père, tailleur dans une rue qui aboutit place Napoléon. Tous les soirs, à 17 heures très précises, passait devant la boutique, un chanteur de rues, aveugle, guidé par sa femme qui tendait une sébile. Il allait chanter devant les terrasses des cafés de la place envahies pour l'apéritif. Il n'avait pour tout répertoire qu'une chanson : *Le Temps des cerises*.
« Longtemps après mes débuts et mes succès à Paris, je reviens à Ajaccio. Je suis dans la boutique de mon père vers les 17 heures. Et je vois déboucher dans la rue, comme deux fantômes, le chanteur et sa femme, vieillis tous les deux, amaigris, avançant à tout petits pas. L'homme, comme tous les jours, se rendait aux terrasses des cafés de la place Napoléon. Il chantait *Marinella.* »

(TINO ROSSI)

Titanic

Benjamin Guggenheim, milliardaire américain, venu en Europe, rentre aux États-Unis à bord du *Titanic.*
Dans la nuit de la catastrophe (14 avril 1912), au moment où on sonne l'alarme, son valet de chambre, qui voyage avec lui, lui annonce qu'il est requis pour ramer sur les chaloupes de secours.
« Auparavant, lui dit Guggenheim, qui a déjà passé son gilet de sauvetage, vous allez m'aider à mettre mon smoking. Si je dois mourir, je veux mourir en gentleman. »
Le valet de chambre sera sauvé. Guggenheim disparaîtra.
Avec son héritage, sa fille aînée Peggy réunira son exceptionnelle collection de peinture moderne qui constituera, un jour à New York, le célèbre Musée Guggenheim.

Tombola

Les polytechniciens de la promotion 1905 ont l'idée d'organiser entre eux une tombola d'un genre spécial : le gros lot en sera une nuit d'amour avec la belle Otéro, la courtisane la plus célèbre de l'époque, la plus chère aussi. Ils se sont renseignés. Le prix d'une nuit dans son lit : mille francs.
Ils impriment deux cents billets de tombola à cinq francs l'un, qui sont très vite écoulés. Voilà la somme réunie.
L'heureux gagnant a donc le plaisir de passer une nuit avec la superbe créature qui – il faut le dire – n'a pas l'habitude d'avoir, dans son lit, un garçon aussi beau, aussi jeune, aussi fougueux.

Au matin, elle lui demande si ses parents sont très riches, sinon comment il a pu trouver la somme considérable qu'il lui a apportée ?
Le jeune homme lui révèle tout.
La belle Otéro, flattée, éclate de rire, puis elle dit au jeune homme :
« Pour l'amour, sais-tu, je suis capable de folies. Tiens, ta nuit d'amour avec moi, ne te coûtera rien ! Rien du tout. »
Et elle lui rend cinq francs.

(RENÉ BARJAVEL)

Torero

Alice Sapritch accompagne son mari Guillaume Hanoteau et Olivier Merlin, tous deux envoyés spéciaux de *Paris-Match*, à la Feria de Séville où ils retrouvent Kléber Haedens et sa femme Caroline. Olivier Merlin, ami personnel de Dominguin et d'Ordonez, toreros vedettes de la manifestation, organise un dîner pour les réunir tous les sept dans un grand restaurant de la ville. Arrivés les premiers, les cinq Français attendent longtemps Ordonez et Dominguin qui n'arrivent pas. Jusqu'au moment où Merlin aperçoit à demi caché derrière un pilier Ordonez qui lui fait un signe. Il va le retrouver. Dominguin est là aussi et les deux toreros s'excusent auprès de leur ami.
« Nous ne pourrons pas dîner avec vous, explique Ordonez.
— Et pourquoi ?
— La femme là (il désigne Sapritch), elle a le mauvais œil. »

(OLIVIER MERLIN)

Tour de France

Gino Bartali, vieux lion détrôné, court son dernier Tour de France. Il hait le nouveau champion, le jeune suisse Hugo Koblet, qui va gagner l'épreuve. Les deux hommes montent un col côte à côte. La chaleur est atroce. Ils crèvent de soif. Koblet n'a plus une goutte d'eau dans son bidon. Bartali en a encore dans le sien. Il en boit une gorgée, puis ostensiblement, pour provoquer Koblet, vide le reste sur la route.

Le lendemain, étape contre la montre. Koblet part huit minutes après Bartali, le rattrape, le laisse sur place, et au passage, lui dépose sur son porte-bidon, un bidon rempli d'eau.

(PIERRE CHANY)

Antoine Blondin suit le Tour de France cycliste pour le quotidien sportif *L'Équipe*. À l'étape de Bordeaux, dans la chambre de l'hôtel *Royal Gascogne* qu'il partage avec Robert Chapatte, il trouve, cadeau des services de promotion des vins de Bordeaux, un carton de douze bouteilles des crus de la région. Qu'il boit. Il atteint alors un tel état d'ébriété qu'il finit par boire également l'encre de son encrier, et tache murs, draps, moquette…

Le directeur de *L'Équipe* Jacques Goddet lui fait, le lendemain, quelques remontrances et s'attire cette réponse :

« Quand on demande à quelqu'un de pisser de la copie, on ne lui reproche pas de boire de l'encre. »

(ROBERT CHAPATTE)

Trac

Louis Jouvet, quand il s'emportait contre un acteur de sa troupe, pouvait devenir soudain très grossier. Un dimanche, après la matinée, il entre en fureur contre un vieux comédien dont le rôle a en tout et pour tout une réplique. Il doit soulever le capot d'un landau d'enfant et dire :
« Qu'il est beau, ce bébé ! »
A-t-il mal dit ces quelques mots ? Jouvet l'engueule. « Quel con, quel con, quel con ! On n'entend pas un mot de ce que tu dis… J'en ai soupé des cons comme toi. Ce soir, si tu n'articules pas mieux, je te remplace demain par quelqu'un de moins con. Allez, je ne t'en veux pas, mais souviens-toi que je ne veux plus de con ici. »
L'acteur, affolé, passe tout son temps, entre la matinée et la soirée, à répéter sa réplique. Et au moment de la prononcer, il s'approche de la voiture d'enfant, soulève le capot, et d'une voix étranglée par le trac, en articulant à la perfection, il dit :
« Qu'il est con, ce bébé ! »

(PAULINE CARTON)

Traduction

En 1933, le colonel Godechot fait paraître dans une revue *L'Effort Clartéiste*, une traduction en vers français du poème de Paul Valéry *Le Cimetière marin*. Valéry en a autorisé la publication.

Trafic

Incarcéré en 1942 à la prison de la Santé, Henri Jeanson demande à un codétenu :
« Pourquoi t'es en taule ?
— Pour avoir vendu de l'or aux Allemands.
— Et pourquoi ils t'ont arrêté ?
— Parce que c'était du cuivre. »

Triangle

Gounod, au sommet de sa gloire, vient à Lyon conduire un festival Gounod. Les musiciens de l'orchestre sont au comble de l'anxiété car leur collègue chargé du triangle vient de tomber malade. Par qui le remplacer ? Morel, un des grands musiciens de la ville, accepte pour un soir de se mettre au triangle. Les voilà rassurés.
Gounod arrive pour la répétition. Les musiciens le saluent. Gounod leur demande de s'asseoir, réclame le silence absolu, puis demande :
« Quel est l'artiste qui fait le triangle ? »
Morel, intimidé, se lève, se présente.
Gounod le salue et reprend :
« Messieurs, j'ai composé ce morceau il y a quarante et un ans. J'ai eu souvent l'occasion de le conduire. Dans ce morceau il y a qu'un coup de triangle, un seul. En quarante et un ans, ce coup de triangle n'a jamais été donné quand il le fallait. J'ose espérer qu'il le sera ce soir. »
On commence à jouer. Morel compte les mesures dans l'angoisse. Le moment fatidique arrive et Morel, au comble de la nervosité, donne trois petits coups au lieu d'un.

Gounod arrête tout, se tourne vers Morel et avec le plus féroce des sourires :
« Comme toujours ! »

(Sacha Guitry)

Tribunal

Le Douanier Rousseau, qui vient de s'entendre condamné par le tribunal à deux ans de prison avec sursis pour complicité dans une affaire d'escroquerie à laquelle il n'a rien compris, demande au président :
« Monsieur le Président, voulez-vous me donner votre adresse personnelle ? »
Le président Bomboy bondit, indigné. Jamais un condamné n'a osé lui poser une question pareille. Rousseau s'explique :
« Ne vous fâchez pas, monsieur le Juge. C'est seulement pour venir vous remercier. J'apporterai mon matériel et je ferai le portrait de votre dame, de la grandeur que vous voulez. »

Tricoteuses

En 1945, Albert Camus part pour les États-Unis. Il est engagé pour une série de vingt conférences sur la Résistance française. Royalement payé. À Dallas (Texas) il parle dans une salle à l'entresol d'un grand magasin pour une association féministe de la ville. Son auditoire : deux cents femmes, qui pendant toute la conférence ne cessent de tricoter. Quand il a terminé, il découvre qu'aucune d'elles ne comprend un mot de notre langue.

« Mais en tricotant, nous adorons entendre le son du français », lui dit la présidente.

(ALBERT CAMUS)

Trône

À Rome, grande réception donnée par la légation monégasque. On est au mois d'août. Il fait très chaud. Effondré dans un fauteuil, le Roi Farouk d'Égypte (il mesure presque deux mètres, pèse cent vingt kilos), détrôné depuis quelques mois, boit orangeade sur orangeade.
Arrive le cardinal Tisserant, la barbichette en bataille. Il aperçoit l'ex-monarque, fonce sur lui.
« Rappelez-moi votre nom ? Ah oui, Farouk ! On a perdu son trône parce qu'on s'est mal conduit ! Eh bien, il faut prier, mon fils… »
Et il disparaît.

(JEAN ESKENAZI)

Trottoir

L'écrivain Barbey d'Aurevilly se promène un soir dans Paris. Une fille s'accroche à son bras et le supplie :
« Sauvez-moi, monsieur, je vous en prie, c'est la rafle… Ils vont m'arrêter si vous me retirez votre bras.
— D'accord, madame. Restez là. »
Les policiers passent, s'éloignent. Barbey d'Aurevilly traverse la chaussée, la fille toujours à son bras. Puis la laissant sur le trottoir :
« Je vous laisse, madame, vous êtes chez vous. »

(PAUL LÉAUTAUD)

Truc

Jacques Prévert va avec sa femme à une vente de livres organisée au profit de l'U.N.E.S.C.O. Tous deux rencontrent là le poète catholique Gonzague Truc. Prévert, qui le connaît bien, dit à sa femme :
« Je te présente M. Truc.
— Excusez mon mari, monsieur, intervient Mme Prévert. Il n'a pas la mémoire des noms. »

(MARCEL DUHAMEL)

Tuileries

Lors des « Trois glorieuses » (1848), Alexandre Dumas assiste au siège et à la prise des Tuileries. Au commencement de l'attaque, il est parmi les insurgés tout près d'un ouvrier qui tire sur les gardes suisses sans jamais en toucher un seul. Passe un étudiant qui lui dit :
« Tu es bien maladroit, l'ami.
— Montre-nous ce que tu sais faire, toi », répond l'ouvrier qui lui tend son fusil. L'étudiant tire trois balles. Chacune fait mouche et abat un garde. Après quoi, il veut rendre son fusil à son propriétaire.
« Garde-le, dit celui-ci. Tu t'en sers tellement mieux que moi.
— Non, répond l'étudiant. Ce ne sont pas mes idées. »

Typographie

Yvan Audouard apprend à Arles qu'un de ses amis, vieil ouvrier linotypiste dans une imprimerie de la ville, vient de se faire mettre à la porte par son patron. Il demande ce qui s'est passé :
« Eh bien voilà, lui dit-on, pendant quarante ans, chaque année, pour le journal local, il a composé la liste complète des reçus au certificat d'études. Et il ajoutait à la fin "Toutes nos félicitations aux heureux parents". Cette année, on ne sait pas quelle mouche l'a piqué. Au lieu de la formule habituelle, il a mis "Et merde pour tous ces petits cons". »

V - W

Vacances

Poète, humoriste, auteur dramatique, André Frédérique parlait si souvent – et si drôlement – de son prochain suicide, que ses amis lui demandaient régulièrement :
« Alors, quand te tues-tu ? »
Il répondait :
« Après les fêtes. »
Un jour à *Paris-Match* où il est critique musical, l'administration demande aux collaborateurs de remplir un formulaire où ils doivent indiquer le mois pendant lequel ils souhaitent prendre leurs vacances.
Frédérique inscrit : « Mai, juin, juillet, août, sept… »
Le 9 mai, il se suicide au gaz.

Vaisselle

Pour renflouer les finances de l'État, Louis XIV a invité tous les grands personnages du royaume à envoyer leur vaisselle d'or à la Monnaie.
Quelques semaines plus tard, le Roi demande au duc

d'Ayen s'il a envoyé la sienne. Le duc répond que non.
« Moi, dit le Roi, j'ai envoyé la mienne.
— Ah, Sire, répond le duc, quand Jésus-Christ est mort, le Vendredi saint, il savait bien qu'il ressusciterait le dimanche. »

(CHAMFORT)

Valentino

La mort subite de Rudolf Valentino en 1926, alors qu'il est la star n° 1 du cinéma américain, a plongé des milliers de femmes dans le désespoir. Certaines se sont suicidées.
Lors de ses obsèques, toutes les célébrités d'Hollywood, producteurs, vedettes, réalisateurs, agents, se pressent, papotent, autour de son cercueil exposé dans le salon d'honneur du « Funeral Department ». Tout d'un coup, le directeur des Pompes funèbres demande le silence. Tout le monde se tait.
Le directeur informe alors « l'honorable compagnie qu'il aurait grand plaisir à livrer à ceux qui le désireraient, pour la somme de *x* dollars, un cercueil de la même qualité que celui de Valentino, demandant à ceux que cela intéresse de profiter de cette occasion pour apprécier la qualité du travail et la valeur de la marchandise ».

Valéry

En réponse à Tristan Derème qui, dans une *Anthologie des poètes français*, s'était trompé sur sa date de naissance, Paul Valéry envoya ce quatrain :

Tristan, votre cœur est de bronze
Je compte plus de jours que de biens je n'acquis
Depuis le jour où je naquis
Trente Octobre 1911.

À sa mort (juillet 1945), après des funérailles nationales, Paul Valéry fut inhumé à Sète dans le cimetière marin qui lui a inspiré son plus beau poème et où se trouve le tombeau de sa famille. C'est un cimetière en terrasses, face à la mer, sur les flancs du mont Saint-Clair et le tombeau des Valéry se situe sur la terrasse la plus haute. Les premières années, les admirateurs du poète venus s'y incliner étaient très nombreux et le concierge du cimetière, pour les accompagner jusqu'à la tombe, devait effectuer le trajet plusieurs fois par jour depuis le bas de la nécropole jusqu'au plus haut. Ce qui l'épuisait. Alors il dressa son chien à le faire. Le chien accompagnait les visiteurs et les ramenait. Le concierge restait en bas sur sa chaise longue. Quelquefois, on lui donnait un pourboire.

(Pierre-Jean Vaillard)

Verdict

Eugène Labiche a envoyé une de ses premières pièces au directeur d'un petit théâtre de Montparnasse qui lui a répondu :
« Je ne suis pas ici le seul directeur. Nous sommes trois. Et nous prenons toutes nos décisions à l'unanimité. Venez demain. Mes associés seront là. Vous nous lirez votre pièce et j'espère que notre verdict vous conviendra. »

Le lendemain, Labiche arrive à l'heure indiquée. Les trois associés sont là. Il pose son chapeau sur une table et commence à lire sa comédie. Un des trois directeurs, tout en l'écoutant, prend le chapeau de Labiche, regarde à l'intérieur, le repose. Le second directeur en fait autant. Labiche lit toujours. Le troisième directeur se saisit lui aussi du couvre-chef, regarde à l'intérieur et le repose sans interrompre Labiche. Celui-ci termine la lecture de sa pièce puis attend le verdict.
« Monsieur, lui dit alors un des trois directeurs. Votre vaudeville a de grandes qualités, mais voilà : nous sommes tous les trois directeurs de théâtre, mais aussi chapeliers. Et nous ne monterons jamais ici la pièce d'un auteur qui achète ses chapeaux sur la rive droite. »

Verlaine

Dans un bistrot, un soir, tard, un de ses amis présente à Courteline, Verlaine déjà bien éméché. Soudain, celui-ci donne des signes de malaise. Courteline, inquiet, lui demande :
« Est-ce que je peux faire quelque chose pour vous ?
— Oui, répond Verlaine. Me ramener chez moi. »
Courteline appelle un fiacre, y fait monter, non sans peine son compagnon, et lui demande :
« Au fait, Maître, vous habitez où ? »
Verlaine, la langue pâteuse :
« Rue… Rue… Non… C'est pas une rue, c'est un faubourg.
— Faubourg Montmartre ?
— Non.

— Faubourg Poissonnière ?
— Non.
— Faubourg Saint-Antoine ?
— C'est ça !
— Parfait. Quel numéro ?
— Je... je... je ne m'en souviens plus, hoquette Verlaine.
— Voyons. Voyons, cher Maître, tâchez de vous souvenir. C'est le numéro 1 ?
— Le 1. Non. C'est pas le numéro 1.
— Le 2 ?
— Le 2. Non. C'est pas non plus le numéro 2. »
Et ainsi de suite, numéro après numéro.
Verlaine habitait au n° 195.

(ALBERT DUBEUX)

Vérole

Marcel Pagnol se promène à Marseille avec son ami d'enfance, le docteur Avierinos. Tous deux remontent la rue Tubaneau, l'une des rues chaudes de la ville. Sur le trottoir, ils aperçoivent une prostituée qui attend le client. Elle a largement dépassé la cinquantaine, et ça se voit :
« Celle-là, dit le docteur Avierinos, je l'ai toujours connue là. Je crois même que c'est elle qui a inventé la vérole. »
Alors Pagnol :
« Qu'est-ce qu'elle a dû toucher comme droits d'auteur ! »

(ROBERT AVIERINOS)

Verre

Tout-Paris sait que Jef Kessel mange les verres. C'est le numéro qu'il fait généralement à l'issue des déjeuners amicaux pour amuser les copains. Il mange les verres – pas les pieds de ces verres – si bien qu'un jour (dit-on), dans un bar où il avait voulu épater un consommateur, au moment où il reposait sur le zinc, le pied du verre qu'il avait croqué, l'autre lui aurait dit :
« Vous laissez le meilleur. »
Et il aurait mangé le pied.
En Tunisie, invité chez un prince, Kessel, qui a un peu exagéré sur le gin, fait sa démonstration. Tous les verres du service y passent.
« J'ai eu toutes les peines du monde, disait le prince, à sauver mon monocle. »

Vespasienne

Au cours d'un voyage en Angleterre, se promenant dans Londres, Alphonse Allais est pris d'un besoin pressant. Il découvre alors qu'au contraire de Paris, il n'y a pas de vespasienne dans les rues de la capitale anglaise. Les pubs n'ouvrent leurs portes qu'à cinq heures de l'après-midi. Et ça presse ! Comment faire ?
Alphonse Allais entre dans une pharmacie :
« Pardon, monsieur, est-ce que vous faites les analyses d'urine ?
— Parfaitement, monsieur. »
Alphonse Allais peut résoudre son problème gratuitement, le pharmacien lui ayant dit :
« Vous paierez quand vous viendrez chercher les résultats. »

Vestiaire

Raimu explique à Carlo Rim (en 1938) :
« Mon chapeau me coûte une fortune. Au déjeuner je le donne au chasseur du vestiaire. Ça me coûte cinq francs pour le ravoir. Au dîner c'est la même chose. Et le soir, si je vais boire un whisky dans une boîte, ça me coûte encore cinq francs. Total : quinze francs par jour. Au bout d'un mois, ça représente quatre cent cinquante francs et, à la fin de l'année, tu as donné cinq mille quatre cents francs à des types que tu ne connais pas pour un chapeau qui t'appartient. Un chapeau que tu as payé trois cents francs. Et il y a vingt ans que ça dure. Tu as donné à ces voleurs cent huit mille francs ! Pour ce prix-là, tu peux te payer un château de la Loire ! (Après un temps de réflexion.) Ce qui est curieux, c'est que les types qui ne portent pas de chapeau, ne possèdent pas tous un château de la Loire. À quoi ça peut bien tenir ? »

(CARLO RIM)

Vichy

À Vichy, en février 41, Pétain invite à dîner à l'Hôtel du Parc son jeune ministre Benoist-Méchin. Après le dîner, il lui propose de monter dans son appartement. Il a quelque chose à lui montrer.
Benoist-Méchin accepte, suit Pétain :
Celui-ci lui présente un objet qui a la forme d'une boîte de sucre.
« C'est un cadeau que l'amiral Leahy, ambassadeur des États-Unis à Paris, m'a fait apporter de la part de Roosevelt, explique Pétain. C'est un poste de radio

qui permet de prendre le monde entier. Tout y est automatique. On appuie sur un bouton et ça part. »
Il s'agit du premier transistor arrivé en France.
Pétain enfonce une touche au hasard. Déferle dans la chambre *L'Internationale* chantée par un chœur d'ouvriers russes. Il a appuyé sur Radio-Moscou et l'appareil est au maximum de sa puissance. Cela fait un chahut formidable. Pétain n'éteint pas. Au contraire, il se met lui aussi à chanter *L'Internationale*, faux, mais à pleins poumons.
Soudain la chambre s'ouvre. C'est la Maréchale en peignoir, la tête recouverte de bigoudis. Elle est folle de colère.
« Mais Philippe, demande-t-elle, qu'est-ce qui vous prend ? On n'a pas idée de faire pareil raffut en pleine nuit. Vous avez réveillé tout le monde. Le garde est en état d'alerte. Arrêtez ça tout de suite.
— C'est que je ne sais pas comment faire, répond Pétain. Je ne connais pas ces appareils. »
Benoist-Méchin appuie sur une autre touche. Rien à faire. L'appareil est bloqué. Il hurle de plus en plus fort. Jusqu'à l'arrivée d'un sergent de la garde. Tout l'Hôtel du Parc, réveillé en sursaut, n'a jamais su d'où pouvait bien venir ce chant séditieux.

(BENOIST-MÉCHIN)

Victoria

La Reine Victoria avait beaucoup aimé *Alice au pays des merveilles* et *Alice dans le miroir*. Elle fait demander à Levis Carroll une autre de ses œuvres. Carroll, très flatté, lui envoie son dernier ouvrage : *Précis de géométrie algébrique plane.*

(MEYER)

Vierge

Fontenelle, déjà très âgé, envisage d'épouser une jeunesse, dont on pense qu'elle est encore vierge. Ses amis s'émeuvent. L'un d'eux lui demande :
« Comment allez-vous vous en sortir ?
— M'en sortir, répond Fontenelle, ce n'est pas ça qui m'inquiète. »

Vire

À ses débuts dans le journalisme, le jeune Henri Béraud doit faire le compte rendu d'une réception à Bordeaux de l'écrivain Henry Bordeaux.
Il titre *Henry Bordeaux à Bordeaux.*
Titre refusé. On ne doit pas mettre deux fois le même mot dans une même phrase.
Il retitre *Henry Bordeaux en Gironde.*
Titre refusé. Imprécis.
Il re-retitre *Henry Bordeaux chez lui.*
« Là, expliquait-il, on m'a foutu à la porte. »

Visionnaire

Grand reporter au quotidien parisien *Le Matin*, Édouard Hesley y publie le 15 juillet 1914 le rapport que l'ambassadeur de France à Vienne a envoyé au Quai d'Orsay, après l'assassinat à Sarajevo de l'archiduc François-Ferdinand.
Notre ambassadeur écrit :
« Un meurtre est toujours une chose abominable. Tous les hommes de cœur compatiront au tragique

destin d'un prince plein de vigueur devant qui semblait s'ouvrir le plus bel avenir. Mais cela dit, ceux qui connaissent par le dessous le mécanisme intérieur de la cour d'Autriche ne peuvent manquer de constater que ce dénouement sanglant assure désormais la paix en Europe pour plus d'un an. »

Dix-sept jours plus tard, le 2 août, conséquence de l'attentat, se déclenchait la Première Guerre mondiale qui va durer cinquante-deux mois et coûter neuf millions de vies humaines.

Vocabulaire

Le poète Franc-Nohain, rédacteur en chef de *L'Écho de Paris*, a invité à déjeuner chez Lapérouse ses amis Maurice Ravel et Maurice Barrès. Le repas terminé, il demande au serveur :

« L'addition s'il vous plaît ! »

« Comment, lui dit alors Barrès, vous, un des hommes les plus cultivés de notre époque, pouvez-vous vous laisser aller à utiliser ce barbarisme : "l'addition" ? Pourquoi pas "l'ardoise" ?

— Et il faut demander quoi, selon vous ?

— Mon cher, on demande "la note" ! »

Franc-Nohain rappelle le serveur qui tardait.

« Je vous ai demandé la note, lui dit-il.

— L'addition ? répond le serveur. Tout de suite. »

Et racontait Franc-Nohain, de ce jour, j'ai toujours demandé la note. Et on m'a toujours répondu : « L'addition ? Oui, monsieur. »

Volontés

Après la mort de sa femme qui portait la culotte dans son ménage, Labiche refait son testament. Il commence le nouveau par cette formule :
« Voici mes premières volontés. »

Willy

Willy était connu dans Paris pour faire écrire ses livres par des nègres (dont Toulet, Curnonsky). Il n'avait pas voulu signer une pétition en faveur de Dreyfus.
« C'est la première fois, dit Lucien Guitry, qu'il refuse de signer quelque chose qu'il n'a pas écrit. »

Lors d'un dîner auquel assiste Colette, on parle de Willy. Aussitôt Colette fulmine :
« Ce salaud ! Ce maquereau ! Qu'est-ce qu'il a fait dans la vie ?
— Ce qu'il a fait ? répond quelqu'un. Mais vous, madame. »

X - Y - Z

Xanadu

À Venise, Orson Welles a rendez-vous au restaurant de l'*Excelsior* avec un producteur russe un peu fou qu'il espère persuader d'engager quelques millions dans son prochain film. À son entrée dans la salle à manger, il aperçoit Churchill. Passant devant sa table, il s'incline. Churchill, sans doute par jeu ou par ironie, se lève et lui aussi s'incline. Le Russe, qui était déjà là, impressionné, dit à Welles :
« Ah, vous êtes un ami de Churchill. »
L'affaire se conclut. Orson Welles obtient son financement.
Le lendemain, à la plage du Lido, Orson Welles se retrouve, dans l'eau, avec Churchill à qui il dit :
« Vous ne saurez jamais le service que vous m'avez rendu, hier, en répondant à mon salut. Vous m'avez fait obtenir le financement de mon film. »
Pendant tout le reste de son séjour, chaque fois qu'il a vu entrer Orson Welles au restaurant, Churchill s'est levé et l'a salué en pensant sans doute : « Tiens, je vais lui trouver de l'argent. »
Les clients tout autour se disaient : « Comment ça se

fait que chaque fois qu'il voit Orson Welles, Churchill se lève ? »
Et Churchill pensait :
« Chaque fois que je me lève, il trouve du fric. Alors pourquoi pas ? »

Yourcenar

Première femme académicien, Marguerite Yourcenar a été reçue solennellement sous la Coupole.
Un immortel suggère :
« Nous allons devoir mettre deux inscriptions sur les portes des toilettes. Sur l'une, on inscrira *Messieurs*, sur l'autre *Madame Yourcenar.* »

Zèle

Georges Clemenceau, nouveau ministre de l'Intérieur, veut se rendre compte par lui-même de l'assiduité au travail du personnel de son administration. Suivi de son directeur de cabinet, il entre dans un premier bureau. Personne. Dans un deuxième, personne. Dans le troisième, enfin, un fonctionnaire qui dort. Le directeur de cabinet veut le secouer.
« Non ! Ne le réveillez pas, dit Clemenceau. Il partirait. »

Zitrone

Léon Zitrone suit « le Tour de France cycliste » pour TF 1. Il assure le reportage de l'étape Luchon-Pau.

Il a pris place dans une voiture découverte qui précède les coureurs de quelques minutes. Une foule immense s'est massée sur les deux côtés de la route tout au long des cent cinquante kilomètres du parcours et, reconnaissant au passage Zitrone qui est le présentateur le plus populaire de la télévision, elle l'interpelle. La voiture avance, depuis Luchon, au milieu d'un chœur ininterrompu :
« Léon ! Léon ! Vas-y, Léon ! Vive Léon ! »
Zitrone, debout, dans sa voiture répond à ces acclamations sympathiques, saluant la foule de la main à la main en triomphateur romain revu par Uderzo.
Dans la même voiture voyage – il reste assis – un technicien de la télé, personnage très discret, un nommé Déjean.
Voilà qu'à dix kilomètres de Pau, on entend un cri dans la foule.
« Vas-y, Déjean ! »
Alors Zitrone, un peu vexé, se penche vers son compagnon
« Vous avez de la famille dans la région ? »

(MICHEL DRUCKER)

Zoologie

Une jeune fille – une petite nièce – avec qui il se promène dans la campagne demande à Buffon :
« Dites-moi, mon oncle, pourriez-vous me dire la différence qu'il y a entre un taureau et un bœuf ? »
Buffon, après un instant :
« Vous voyez bien, ma nièce, ces veaux qui bondissent dans la prairie : les taureaux sont leurs pères et les bœufs leurs oncles. »

INDEX

Achevé d'imprimer sur presse CAMERON
dans les ateliers de **Bussière Camedan Imprimeries**
à Saint-Amand-Montrond (Cher)
en février 1998

N° d'édition : 310. N° d'impression : 98865/4.
Dépôt légal : février 1998.

Imprimé en France